Hans Jürgen Heringer

— —

Redensarten

Quiz

Hans Jürgen Heringer

In

Redens-

arten

lassen wir den Körper sprechen

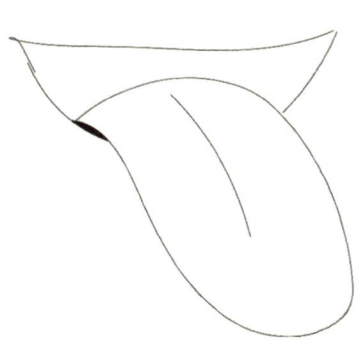

Bibliografische Information der Deutschen Nationalbibliothek
Die Deutsche Nationalbibliothek verzeichnet diese Publikation in
der Deutschen Nationalbibliografie; detaillierte bibliografische
Daten sind im Internet über http://dnb.dnb.de abrufbar.

Verlag und Druck:
tredition GmbH, Halenreie 40-44, 22359 Hamburg
ISBN 978-3-347-42669-6 (Paperback)
ISBN 978-3-347-42670-2 (Hardcover)
ISBN 978-3-347-42671-9 (e-Book)

Inhalt

Zur Einleitung

Das passt wie die Faust aufs Auge. Glauben Sie, dass es besonders gut passt? Sind Sie ein bisschen brutal? Auf jeden Fall sind Sie hier richtig. Hier geht es um Redewendungen.

Wie viel Redewendungen gibt es eigentlich? Das weiß keiner so genau. Dieses Buch handelt von etwa 300. Aber das sind nur spezielle, solche, die mit dem Körper zu tun haben.

Wie viele von denen kennen Sie? Das weiß keine und wahrscheinlich nicht einmal Sie selbst. Darum geht es auch erst mal darum, zu wissen, wie sie genau lauten, und dann, wie sie zu verstehen sind.

Redewendungen sind attraktiv. Sie zu verwenden zeugt von Sprachgefühl und Bildung. Es kann aber auch heikel sein und schon mal in die Hose gehen – um es mal angemessen zu sagen.

Nun aber zu diesem Buch. Was machen Sie damit? Wozu ist es gut? Im Normalfall oder auch als erstes versucht man sich allein. Man schaut, was man alles locker löst. Da gälte es auch schon mal aufzupassen. Die Fragen tragen oft Infos in sich, die wohl behaltenswert wären. Und dann sind sie öfter auch etwas knifflig formuliert.

Da gilt es schon mal etwas zu überlegen. Ja, und bei den Lösungen? Es ist nicht einfach falsch, was im Quiz hier als falsch gewertet wird. Auch aus dem vordergründig Falschen kann man lernen. Es kann an anderer Stelle und unter anderer Fragestellung auch richtig sein. Darum sind die Lösungen – in die Sie ja schauen werden – auch nicht einseitig.

Wenn Sie nun aber allein gespielt und angestrichen haben, werfen Sie das Büchlein dann weg? Hoffentlich nicht. Es ist auch partnergeeignet. Platz ist ja noch vor den Kästchen mit Ihren Kreuzen (Haben Sie gekreuzt oder abgehakt?). So kann Ihr Partner* auch nach Ihnen ran. Ja und dann? Da ist dann Raum für Alternativen und Diskussion der alternativen Lösungen. Spielerisch könnten Sie so verfahren: Sie fangen an und machen die erste Hälfte, Ihr Partner* folgt. Und dann: Schaumamal. Zweite Runde: Ihr Partner* fängt an, Sie folgen. Und so fort.

Wichtig für den Autor war, die sprachliche Welt nicht als schlicht zweigeteilt in richtig und falsch zu präsentieren, sondern als vielfältig, offen und bunt.

Übrigens, im interaktiven ePub bekommen Sie feedback on time.

1. Mit Hand und Fuß

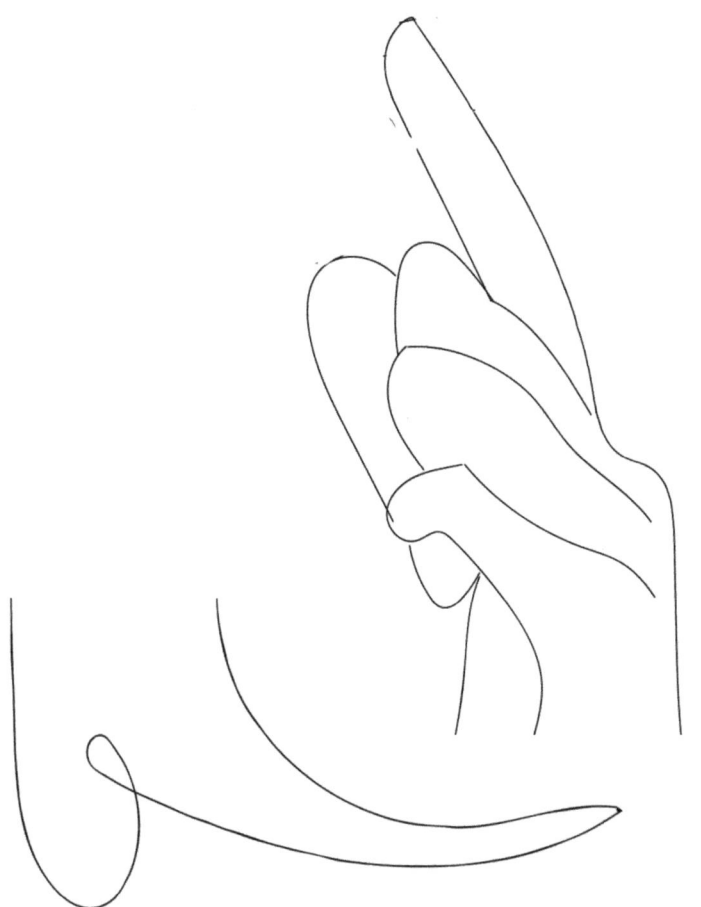

1. Wie lautet die Redensart?
Wir haben immer dafür gesorgt, dass unsere
Kinder auf eigenen Füßen standen.
- [ ] auf eigenen Füßen stehen
- [ ] auf großem Fuß leben
- [ ] auf schwachen Füßen stehen

2. Welche Redewendung steckt hier drin?
Wer hat nicht Lust, auch einmal auf großem Fuß
zu leben?
- [ ] festen Boden unter die Füße bekommen
- [ ] auf großem Fuß leben
- [ ] auf schwachen Füßen stehen

3. Wie heißen die sprachlichen Formen nicht,
mit denen wir es hier zu tun haben?
- [ ] Redeblume
- [ ] Redewendung
- [ ] Redensart

4. Die sprachlichen Formen, mit denen wir es hier
zu tun haben, heißen in der Sprachwissenschaft
terminologisch?
- [ ] Redewendung
- [ ] Redensart
- [ ] Idiom

5. Es gibt vielerlei sprachliche Formen in diesem Bereich. Sie sind nicht immer leicht voneinander abzugrenzen.

Sprichwörter unterscheiden sich von Idiomen.

Sie sind ganze Sätze. Aber Idiome stehen auch in ganzen Sätzen.

Welches ist eher ein Sprichwort?

☐ Baust du am Fluss, rechne mit nassen Füßen.

☐ Mir sind Hände und Füße gebunden.

☐ Sie stand mit einem Fuß am Abgrund.

6. Dieses Beispiel könnte ein Sprichwort sein.

Es ist aber nicht fest im Wortlaut.

Ich wasche meine Hände in Unschuld.

Welches Idiom könntest du daraus gewinnen?

☐ die Hände mit Unschuld säubern

☐ seine Hände in Unschuld waschen

☐ sich die Hände in Unschuld waschen

7. Redensarten wie Sprichwörter sind irgendwie fest, aber doch nicht ganz.

Wie lautet die Redensart in diesem Beispiel?

Die Strafe folgte auf dem Fuße.

☐ auf dem Fuße folgen

☐ auf den Füßen folgen

☐ Die Strafe wird auf dem Fuße folgen

8. In der Kurzform eines Idioms kann schon mal Wichtiges verloren gehen. So in »auf dem Fuße folgen«.
Was könnte da folgen und was würde hier nicht so passen?
☐   die Strafe
☐   die Rache
☐   das Gesetz

9. Wie heißt eine gängigere Variante der Wendung, die hier drinsteckt?
Endlich hat sie wieder festen Boden unter die Füße gekriegt.
☐   festen Boden unter die Füße bekommen
☐   festen Boden unter den Füßen haben
☐   festen Boden unter den Füßen brauchen

10. Welches wäre die normale Abfolge für die Handlungen nach diesen Idiomen?
Schau in die letzte Aufgabe.
☐   1 > 2 > 3
☐   3 > 1 > 2
☐   2 > 1 > 3

Ohne ihn schwer zu stehn
Und schwerer noch zu gehn.
Männlich sagt da eine,
Doch mit Geschlecht
gibt es noch keine.

11. Das Wort »Idiom« erinnert dich vielleicht an Idiot. Und es kommt wie dieses aus dem Griechischen.
Es hat was zu tun mit
☐ eigenartig
☐ doof
☐ identisch

12. Idiome kann man aus Sätzen herausschneiden. Sie sind aber nicht leicht in Kurzform zu formulieren. Wie lautet das Idiom?
Radikale Gruppen standen stets Gewehr bei Fuß.
☐ Gewehr bei Fuß!
☐ Gewehr bei Fuß haben
☐ Gewehr bei Fuß stehen

13. Feste Formeln und Grüße sind zwar fest, aber noch keine Idiome. Für ein Idiom muss eine besondere Bedeutung dazukommen.
Was wäre ein Idiom?
☐ Das hat Hand und Fuß.
☐ Küss die Hand!
☐ Ein typischer Handlanger

14. Idiome, die ein Verb enthalten, können es in verschiedenen Formen zeigen.
Wie heißt das Idiom allgemeiner?
Als ihnen der Boden unter den Füßen brannte, setzten sie sich ins Ausland ab.

☐ wird der Boden unter den Füßen zu heiß

☐ jmdm. brennt der Boden unter den Füßen

☐ ihnen brennt der Boden unter den Füßen

15. Für die korrekte Verwendung eines Idioms muss man wissen, was man verändern kann.
Das betrifft auch die Fürwörter.
Ich muss mir noch etwas die Füße vertreten.
Was ginge da schwerlich?

☐ Ich muss dir noch etwas die Füße vertreten.

☐ Du musst dir noch etwas die Füße vertreten.

☐ Wir müssen uns noch die Füße vertreten.

16. Für die korrekte Verwendung eines Idioms muss man wissen, was man verändern kann.
Wie heißt die Redensart so ungefähr?
Er versprach, ihr eine Welt zu Füßen zu legen.

☐ ihr etwas unter die Füße legen

☐ sich zu Füßen legen

☐ ihr etwas zu Füßen legen

17. Wie würdest du die Redensart im Präsens formulieren, die du erkennen kannst im Satz hier?
Den Gangstern wurde allmählich der Boden unter den Füßen zu heiß.

☐   wird der Boden unter den Füßen zu heiß
☐   der Boden unter den Füßen zu heiß
☐   sie machen sich davon

18. Für Wörterbücher braucht man kurze Formulierungen. Welche wär die beste hier?
Und wie es verallgemeinert wurde, kann man sich leicht denken.
Achte darauf, was man nicht vergessen sollte.
Was ist los, bekommst du kalte Füße?

☐   kalte Füße bekommen haben
☐   jemand bekommt kalte Füße
☐   kalte Füße bekommen

19. Idiome sind grammatisch geformt. Wie könnte man das Idiom herausschneiden?
Nach der Marathonsitzung möchte ich mir etwas die Füße vertreten.

☐   [mir] [die Füße vertreten]
☐   [mir] [etwas die Füße vertreten]
☐   [möchte ich mir] [die Füße vertreten]

20. In Wörterbüchern werden Idiome meist im Infinitiv zitiert. Wie könnte das Idiom am besten allgemeiner gefasst werden?
Hansi Flick hatte bei der Aufstellung ehrlich kein Händchen.

☐   hatte ein Händchen

☐   hatte sein Händchen

☐   ein Händchen haben

21. Um zu verstehen musst du das Idiom erkennen. Wie lautet es?
Die Vorteile dieses Projekts liegen doch klar auf der Hand.

☐   auf der Hand liegen

☐   mit Hand anlegen

☐   unter der Hand liegen

22. Wie heißt ein Teil des Idioms, das hier drinsteckt? Etwas mehr in Standardsprache.
Wenn du das siehst, wirst du die Hände überm Kopf zusammenschlagen.

☐   die Hände über den Kopf schlagen

☐   über dem Kopf zusammenschlagen

☐   Hände über den Kopf zusammenschlagen

23. Manches wird als Redensart bezeichnet, was vielleicht keine ist.
Wie heißt die kurze Formel so ungefähr?
Die Katze war im Handumdrehen verschwunden.

☐ im Handumdrehen
☐ sich umdrehen
☐ im Pfotenumdrehen

24. Die genaue Bestimmung und Formulierung einer Redensart ist oft schwierig. Welche steckt hier gewiss nicht drin?
Die Sache schien Hand und Fuß zu haben, deshalb willigte er ein.

☐ Hand und Fuß haben
☐ scheint Hand und Fuß zu haben
☐ mit Händen und Füßen

25. Wie könnte der Kern des Idioms am besten gefasst werden?
Man sprach hinter vorgehaltener Hand bereits wieder von schneller Rückkehr ins Amt.

☐ hinter vorgehaltener Hand
☐ unter vorgehaltener Hand
☐ mit vorgehaltener Hand

26. Idiome zu verwenden fordert öfter gute Sprachbeherrschung. Sonst kann schon mal was in die Hose gehen und man blamiert sich vielleicht. Wie heißt die Redensart korrekt?
Nach dem Krieg lebten viele Menschen mit der Hand im Mund.
- ☐ mit der Hand in den Mund leben
- ☐ von der Hand in den Mund leben
- ☐ von der Hand zum Mund leben

27. Öfter finden wir, dass ein Idiom nicht ganz korrekt erfasst ist. An was ist wohl hier gedacht?
Dein Vorgehen hatte wirklich Fuß und Hand.
- ☐ Hand und Fuß haben
- ☐ mit Händen und Füßen
- ☐ Hand in Hand gehen

28. Kurzformulierungen sind nicht ganz leicht. Welche würdest du wählen?
Der neue Chef schüttelt so eine Rede doch aus dem Handgelenk.
- ☐ eine Rede aus dem Ärmel schütteln
- ☐ seine Rede frei halten
- ☐ etwas aus dem Handgelenk schütteln

29. Im Infinitiv kommen viele Idiome selten vor. Was geht da schon mal verloren? Wähle die beste Form.

Nach dieser Briefmarke habe ich mir tagtäglich die Sohlen abgelaufen.

- ☐ sich die Sohlen ablaufen
- ☐ auf leisen Sohlen laufen
- ☐ jemandem die Sohlen ablaufen

30. So einfach ein bedeutungsähnliches Wort an einer Stelle einsetzen zerstört meistens das Idiom. Welche Redensart steckt hier drin?

Er ist ein Gentleman vom Scheitel bis zur Sohle.

- ☐ von Kopf bis Fuß
- ☐ vom Scheitel bis zur Sohle
- ☐ vom Scheitel bis zum Fuß

wieder
erwischen
flüchten
verstauchen
link
Gewehr
unterwegs
fliehen
setzen

gebrochen
Fuß
fassen
falsch
Zeh
Boden
wippen

31. Die Strafe folgte auf dem Fuße.
Was bedeutet das Idiom?

☐   sofort nach etwas, unmittelbar folgen

☐   auf dem falschen Fuß erwischt

☐   besonders hart bestraft werden

32. Mit Händen und Füßen.
Was macht man da gewöhnlich nicht?

☐   reden

☐   sich sträuben

☐   laufen

33. Sie wollte auch einmal auf großem Fuß leben.
Eine umstrittene Geschichte erzählt, der Graf von
Anjou habe sich extragroße Schnabelschuhe
angeschafft und im Mittelalter damit auf großem
Fuß gelebt. Wer weiß wie?
Die Bedeutung kann auch einfach übertragen sein.
Was bedeutet das Idiom hier?

☐   aufwendig leben

☐   eine sichere Grundlage haben

☐   einen Halt finden

Wie oft unterdrückt man die eine!
Die andre alleine
Sei die reine.

schütteln heben
schützen
linke drücken
Zügel
ausgestreckt glücklich Heft
fest flach
Spatz Schicksal
Hand
Waffe
unsichtbar rechte
hinter

34. Nach der Hochzeit: ».. . werde ich dich auf Händen tragen«.
Ein tolles Versprechen. Noch toller, wenn man den Psalm kennt.
Wie könnte es da weitergehen?
☐   und in mein Haus aufnehmen
☐   und deinen Fuß nicht an einen Stein stoßest
☐   und dich über die Schwelle bringen

35. Das Dritte Reich habe auf schwachen Füßen gestanden.
Die Bedeutung kann man nur ungefähr angeben.
Was ginge hier?
☐   keine sichere Grundlage haben
☐   einen Halt finden
☐   zum Einsatz bereit sein und abwarten

36. Um die Bedeutung zu erkennen, muss man oft
ein Kernwort erkennen.
Von dem aus kommt man weiter.
Als ihnen der Boden unter den Füßen zu heiß
wurde, machten sie sich auf die Flucht.
Was sollte einem bei Fuß eher nicht einfallen?

- ☐   steht auf dem Boden
- ☐   taugt zum Gehen
- ☐   hängt in der Luft

37. Als ihnen der Boden unter den Füßen brannte,
setzten sie sich ab nach Süden.
Was klingt an? Wohin führt dich das Kernwort?

- ☐   an diesem Ort war es zu gefährlich
- ☐   in Schweden lag Schnee
- ☐   da war es zu gefährlich

38. Manche Idiome kann man sich bildlich
vorstellen. Das kann beim Verständnis helfen.
Hier vielleicht der Versprechende selbst?
Hat versprochen, ihr eine Welt zu Füßen zu legen.
Hast du es erkannt? Was bedeutet es hier?

- ☐   etwas aus Verehrung überreichen
- ☐   alles für sie zu tun
- ☐   etwas schenken

39. Die Putschgeneräle haben die Verfassung mit Füßen getreten.
Idiome haben einen semantischen Mehrwert.
Basieren oft auf starken Bildern.
Was bedeutet das Idiom?

☐ etwas extrem missachten
☐ ein Vorhaben aufgeben
☐ weggetreten

40. Der Alte stand schon mit einem Fuß im Grabe.
Paraphrasen bringen nicht alles. Aber fürs Lernen taugen sie. Was bedeutet das Idiom?

☐ sich Bewegung verschaffen
☐ am Abgrund stehen
☐ dem Tod sehr nahe sein

41. Nach dieser Marathonsitzung möchte ich mir etwas die Füße vertreten.
Das Wörterbuch gibt Hinweise. Richtig klar wird die Bedeutung im Kontext.
Was hast du hier erkannt? Was passiert direkt, wenn man sich die Füße vertritt?

☐ sich Bewegung verschaffen
☐ sich erholen
☐ einen Marathonlauf machen

42. Sie bekleckerte sich von Kopf bis Fuß mit der Nutella.

Was hat es mit dem Kopf auf sich? Und mit dem Fuß? Wo sind sie gewöhnlich?

Was bedeutet das Idiom also?

☐   sich süß zeigen

☐   von oben bis unten

☐   ungeschickt sein

43. Bedeutungen formulieren ist ein schwerer Job. Sogar Wörterbuchmacher tun sich dabei schwer. Hansi Flick hatte bei der Aufstellung kein Händchen.

Was bedeutet das Idiom?

☐   in etwas ungeschickt sein

☐   in etwas geschickt sein

☐   Erfolg haben

44. Welches Beispiel zeigt ein korrektes Idiom? Gemeint sei: Man sieht die Vorteile doch direkt.

☐   Die Vorteile liegen in unserer Hand.

☐   Die Vorteile halten wir in unserer Hand.

☐   Die Vorteile liegen doch klar auf der Hand.

45. Wenn wir alle mit Hand anlegen, sind wir bald fertig.
Was tut man schon mit der Hand?
Und dann zusammen?
Was bedeutet das Idiom im Text oben?
□ mithelfen
□ angreifen
□ eingreifen

46. Besser den Spatz in der Hand als die Taube auf dem Dach.
Was wäre das?
□ ein geflügeltes Wort
□ ein Sprichwort
□ eine Redensart

47. Dafür würd ich mir die Hand abhacken lassen. Ziemlich brutal. Es heißt, im Mittelalter habe man auch bei uns Dieben die Hand abgehackt.
Also wäre das wirklich . . .
□ ein festes Versprechen
□ ziemlich gefährlich
□ etwas veraltet

48. Ihnen wird vorgeworfen, sie hätten die Hand in fremder Leute Taschen. Was hätte man da verloren? Und wenn man es ständig täte?
Was bedeutet das Idiom hier genau?

☐　　dauernd klauen

☐　　kriminell sein

☐　　sich an anderen bereichern

49. Es zuckte ihm in den Händen, als er sah, wie das Kätzchen gequält wurde.
Noch was mit der Hand. Und nochmal wofür sie gut ist.
Was besagt das Idiom?

☐　　würde am liebsten zuschlagen

☐　　war sehr traurig

☐　　bekam Krämpfe

50. Der Regierungschef schüttelt so eine Rede aus dem Handgelenk.
Irgendwie hat das zu tun mit »aus dem Ärmel schütteln.« Und das taten früher Zauberer locker.
Was bedeutet das Idiom?

☐　　vieles berücksichtigen

☐　　etwas ohne Mühe, leicht und schnell machen

☐　　leise und unbemerkt

51. Auf leisen Sohlen ins Kinderzimmer gehuscht und ein Sträußchen auf den Nachttisch gelegt. Was bedeutet das Idiom? Es ist irgendwie gesagt.

☐ leise, unbemerkt
☐ viele Gänge machen
☐ ganz schnell

52. Auf Italienich sagt man: aver le mani bucate. Löchrige Hände. Was könnte das bedeuten?

☐ schwer verletzt sein
☐ brüchige Hände haben
☐ Geld raushauen

53. Er ist ein Gentleman vom Scheitel bis zur Sohle. Stell dir vor, wie der aussieht. Was bedeutet das Idiom eher nicht?

☐ wohlgeformt
☐ durch und durch
☐ ganz und gar

54. Schon im Latein sprach der alte Seneca: manus manum lavat. Das ging um die Welt. Italienisch: Un mano lava l'altra. Und deutsch?

☐ Hand um Hand.
☐ Eine Hand wäscht die andere.
☐ Meine Hand wäscht die andere.

55. Es würde zum großen Krach kommen, das spürte sie im kleinen Zeh.
Körper-Symptome werden magisch gedeutet.
Was hat es hier mit dem Zeh auf sich?
- ☐   in ihm etwas vorausahnen
- ☐   viele Gänge machen, um etwas zu finden
- ☐   geht durch und durch

56. Das ist ja leicht windschief. Was passt besser?
Er hat gewonnen. Da reibt er sich die Fäustchen.
- ☐   ins Fäustchen machen
- ☐   in die Faust lachen
- ☐   sich die Hände reiben

57. Oft werden Idiome vermischt.
Welches würde besser passen?
Da reibt er sich die Fäustchen.
- ☐   Da lacht er sich ins Fäustchen.
- ☐   Da klatscht er sich die Fäustchen.
- ☐   Da klatscht er sich ins Fäustchen.

58. Oft werden Idiome vermusselt. Besser also?
Da reibt er sich die Fäustchen.
- ☐   bitte die Hosen runterlassen
- ☐   sich die Hände reiben
- ☐   ins Fäustchen lachen

2. Lange Finger und Beine

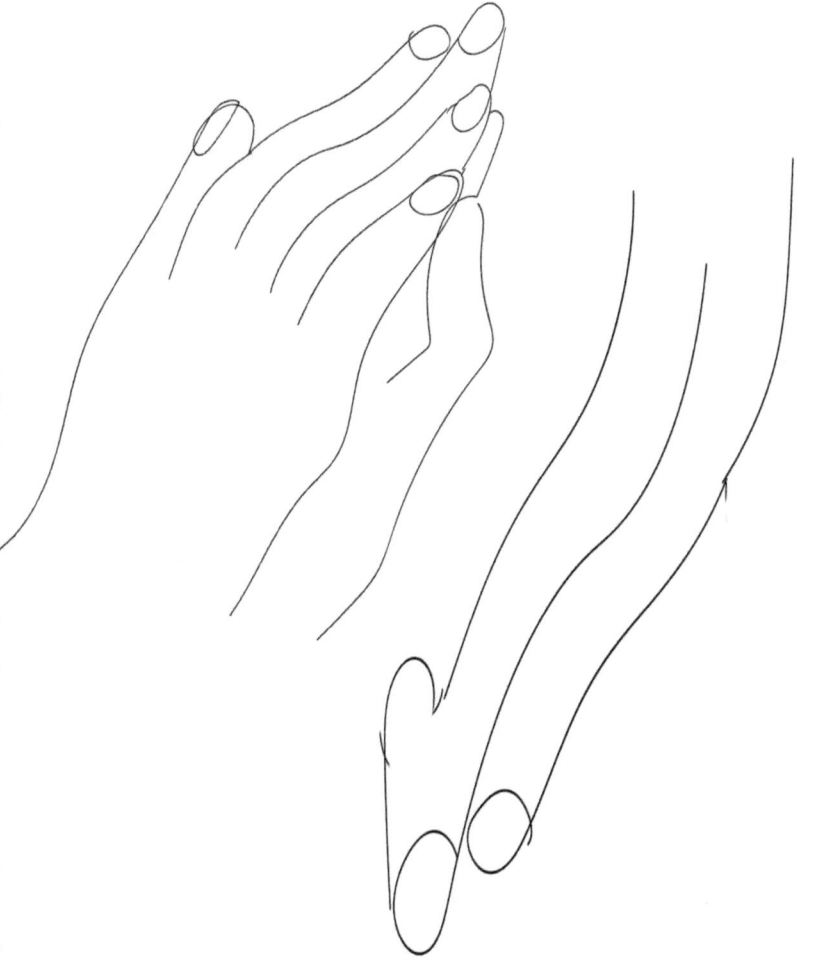

1. Für Wörterbücher braucht man kurze Formulierungen. Welche wär die beste hier?
Vor so einem Typen da im schwarzen Anzug sollte man sich lieber in acht nehmen. Der da ist ein ganz schlimmer Finger.

☐　　ein schlimmer Finger sein
☐　　das sagt mir mein kleiner Finger
☐　　sich etwas an den Fingern abzählen

2. Kurzformulierungen sind nicht ganz leicht. Welche würdest du wählen?
Der Ex-Bayernspieler machte ein langes Bein und klärte zur Ecke.

☐　　in die Beine gehen
☐　　ein langes Bein machen
☐　　krumme Finger machen

3. Wie wird dieses Idiom auch erstaunlicher Weise abgewandelt? Und besagt etwas anderes!
Stellst du dich nicht auf die Hinterbeine, machen sie mit dir, was sie wollen.

☐　　sich auf die Hinterbeine setzen
☐　　sich auf die Hinterbeine stellen
☐　　auf den Hinterbeinen sitzen

4. Wie heißt eine Variante der Wendung, die hier drinsteckt?
Man sagt, das sei nicht so ernst gemeint.
Auf einem Bein kannst du doch nicht stehen!
- [ ]   auf schwachen Beinen stehen
- [ ]   auf zwei Beinen
- [ ]   auf einem Bein kann man nicht stehen!

5. Im Infinitiv kommen viele Idiome selten vor.
Was geht da schon mal verloren?
Wähle die beste Form.
Der Löw hat doch in kürzester Zeit wieder eine Klassemannschaft auf die Beine gestellt.
- [ ]   etwas auf die Beine stellen
- [ ]   ein Projekt auf die Beine stellen
- [ ]   etwas auf beide Beine stellen

6. Kurzformulierungen sind nicht ganz leicht.
Welche würdest du wählen?
Beachte genau, was zum Idiom gehört.
Wir können diesen Sommer nicht verreisen, wir haben noch die Renovierung am Bein.
- [ ]   etwas noch am Bein haben
- [ ]   etwas am Bein haben
- [ ]   noch etwas am Bein haben

7. Die sprachlichen Formen, mit denen wir es zu tun haben, heißen in der Sprachwissenschaft eher nicht?

☐   Kollokationen

☐   Idiome

☐   Phraseme

8. Um zu verstehen musst du das Idiom erkennen. Wie lautet es?
Wir saßen da ehrlich geschlagene zwei Stunden rum und drehten Däumchen.

☐   den Daumen auf etwas drücken

☐   den Daumen auf etwas haben

☐   Däumchen drehen

9. Welches Idiom steckt hier drin?
Es gibt Varianten und Scheinvarianten.
Welche ist im Beispiel gewählt?
Bei uns hat meine Stiefmutter den Daumen auf dem Geld, die rückt freiwillig nix heraus.

☐   den Daumen auf etwas haben

☐   den Daumen auf etwas halten

☐   den Daumen halten

10. Wie heißt das Idiom allgemeiner?
Sie würde gern an das Familienvermögen ran,
aber noch hat die liebe Oma den Finger darauf.
Was wäre die üblichere Form, die gern als
umgangssprachlich charakterisiert wird.
- ☐ ihre Finger darauf haben
- ☐ den Finger drauf haben
- ☐ seinen Finger darauf haben

11. Wie heißt das Idiom, das hier drinsteckt?
Wähle dazu eine Variante.
Die Behörde war sich nicht sicher, ob er die Finger
auch in dieser Sache hatte.
- ☐ die Finger drin haben
- ☐ einen in etwas haben
- ☐ seine Finger drin haben

12. Wie heißt die Redensart deutlicher?
Mit dem lass dich nicht ein! Der hat an einem
Finger zehn und denkt nicht ans Heiraten.
- ☐ am kleinen Finger haben
- ☐ zehn in seinen Fingern haben
- ☐ zehn an jedem Finger haben

13. Welches Idiom steckt hier nicht drin?
Es ist eher eine Verballhornung. Was wäre besser?
Wenn es dir mal dreckig geht, werd ich auch einen
Finger rühren.

☐   keinen Finger rühren
☐   meinen Finger rühren
☐   deinen Finger rühren

14. Wieder die Frage, ob ein Idiom auch verneint
werden kann.
Wie heißt die sinnvolle Version der Wendung,
die hier drinsteckt?
Ich denk nicht dran, mir die Finger schmutzig zu
machen. Da sollen andere ran.

☐   sich gern die Finger schmutzig machen
☐   sich nicht die Finger schmutzig machen
☐   sich die Finger schmutzig machen

15. Um zu verstehen musst du das Idiom erkennen.
Wie lautet es? Hier kommt es aufs Detail an.
Sonst springt es um.
Sie dachte nicht dran, vor dem Schwiegervater in
die Knie zu gehen.

☐   vor jemandem in die Knie gehen
☐   in die Knie gehen
☐   auf die Knie fallen

16. Welches Idiom steckt hier drin? Auch eine Art Formel!
Noch so einen Schuss ins Knie konnte ich mir nicht erlauben, ich stand unter Erfolgszwang.

- ☐ ein Schuss in den Ofen
- ☐ Schuss ins Leere
- ☐ ein Schuss ins Knie

17. Wie heißt das Idiom? Man wird es wohl vor allem bei Kindern verwenden. Oder anwenden? Wenn du nicht hören kannst, leg ich dich mal übers Knie.

- ☐ jemanden übers Knie legen
- ☐ sich aufs Knie legen
- ☐ vor jemandem auf den Knien liegen

18. Was der Arm alles kann? Oder wir mit ihm. Wie lautet das Idiom?
Mein Onkel gehört dem Verwaltungsrat an und hat einen langen Arm.

- ☐ jemandem in den Arm fallen
- ☐ einen langen Arm haben
- ☐ jemandem unter die Arme greifen

19. Welches Idiom steckt hier drin? Schon in der Bibel war der lange Arm ein Symbol der Macht. Politiker sollten nicht nur der verlängerte Arm der Industrie sein.

☐   jemandes verlängerter Arm sein
☐   ein verlängerter Arm
☐   einen verlängerten Arm haben

20. Was soll das hier heißen?
Bestimmt hast du das Bild vor Augen.
Sie warf sich den Männern in die Arme.

☐   sich der Wollust hingeben
☐   sich dem Laster hingeben
☐   sich leicht hingeben

21. Noch ein Somatismus. Was besagt er?
Im Betrieb hat wieder eine lange Finger gemacht.

☐   stehlen
☐   zu viel gearbeitet
☐   lange Überstunden gemacht

22. Wir brauchen auch Paraphrasen. Fürs Lernen helfen sie. Was bedeutet das Idiom eher nicht?
Die Infektion ist überwunden, aber Oma ist immer noch recht schwach auf den Beinen.
☐ ist noch nicht ganz auf den Beinen
☐ muss in die Reha
☐ durch Krankheit geschwächt sein

23. Paraphrasen bringen nicht alles. Aber fürs Lernen taugen sie. Was bedeutet das Idiom eher nicht?
Die grundlegenden Hypothesen der Theorie stehn auf ziemlich schwachen Beinen.
☐ ist wohl fundiert
☐ ist nicht fundiert
☐ ist wackelig

24. Was klingt hier an? Wohin führt dich das Kernwort mit dem wichtigen Adjektiv?
Psychologen sagen, dass man das wirklich spürt. Mit weichen Knien ging er zum Chef.
☐ sich widersetzen, nicht nachgeben
☐ in seiner Bewegung eingeengt sein
☐ voller Angst

schnippen

klopfen

Daumen warnend

rühren

krümmen

Finger

Zeh Mund

krumm

verbrennen

linken schneiden

strecken

wund

lecken

schmutzig

klein

heben

schauen Hand

flink

25. Idiome haben einen semantischen Mehrwert. Was bedeutet das Idiom? Es ist eine kumpelhafte Aufforderung.
Auf einem Bein kannst du doch nicht stehen!

☐ Aufforderung, ein zweites Glas zu trinken.

☐ Hau ab!

☐ da wackelst du

26. Oft dramatisieren Idiome. Was besagt das Idiom in dem Beispiel allgemeiner?
Keiner hat sich heute ein Bein ausgerissen.

☐ von Nervosität befallen

☐ sich nicht sonderlich anstrengen

☐ ständig das Standbein wechseln

27. Was bedeutet das Idiom in diesem Text?
Wir saßen da geschlagene zwei Stunden rum und
drehten Däumchen.
☐   nichts tun, sich langweilen
☐   etwas nicht gerne hergeben
☐   nicht offen reden

28. Was bedeutet das Idiom? Denke über das
Leitwort nach.
Aus welcher Ecke könnte das Idiom kommen?
Ich habe mir bei der Sache gehörig die Finger
verbrannt.
☐   sich gründlich und schmerzlich täuschen
☐   unverschämte Forderungen stellen
☐   eine Schlappe einstecken

29. Was bedeutet das Idiom in diesem Text? Hast
du auch schon mal schlotternde Knie gehabt?
Als man endlich zum Angriff übergehen sollte,
wurden den Rekruten die Knie weich.
☐   jemand bekommt große Angst
☐   jemanden besiegen, unterwerfen
☐   lieber alles andere tun

30. Die Bedeutung kann man nur ungefähr
angeben. Was ginge hier schlecht?
Alkoholismus und Drogen haben schon zu viele
Menschen in ihre Krallen bekommen.
- ☐   jemanden in seine Gewalt bekommen
- ☐   etwas in seine Gewalt bekommen
- ☐   verletzt

31. Was bedeutet das Idiom?
Denke über das Leitwort nach.
Gestern bin ich meiner Ehemaligen wieder mal in
die Arme gelaufen.
- ☐   jemandem zufällig begegnen
- ☐   sie umarmt haben
- ☐   jemanden zum Besten haben

32. Man kann nicht nur jemanden übers Knie legen
auch etwas übers Knie brechen.
Nicht nur im mittelalterlichen Urteil, wenn der Stab
über einen gebrochen wurde. Auch wenn man es
mit Ästen tut, statt sie zu sägen.
Was sagt das Idiom.
- ☐   brutal angreifen
- ☐   einfach hudeln
- ☐   übereilt entscheiden

33. Auch hier das passende Idiom. Welches?
Ja, was macht die Katze in friedlicher Stimmung?
- ☐ die Krallen einziehen
- ☐ die Krallen ausfahren
- ☐ die Krallen lecken

34. Was passt als idiomatische Fortsetzung?
Wer stehlen will, kriegt es nicht immer leicht.
Da muss er schon mal . . .
- ☐ dicke Finger machen
- ☐ lange Finger machen
- ☐ krumme Finger machen

35. Wähle das richtige Idiom.
Knochen = Bein. Dann reimt es sich besser. Mal
beim Schwören und hier bei der Kälte.
- ☐ Da friert es Stein und Bein.
- ☐ Es friert Bein und Bein.
- ☐ Es friert Stein um Stein.

36. Schau, was hier wirklich ein Idiom wäre.
»Über den Daumen peilen« und hier noch
scheinmathematisch.
- ☐ Pi plus Daumen
- ☐ Pi durch Daumen
- ☐ Pi mal Daumen

37. Wähle den passenden Somatismus.
Das Vieh durfte man nicht so leicht auslassen.
Also hat man ihm . . .
- ☐ einen Klotz ans Bein gebunden
- ☐ das Bein verbunden
- ☐ einen Klotz verpasst

38. Wähle die passende Fortsetzung.
Ja, wenn Raubkatzen wild werden. Dann . . .
- ☐ werden sie wild
- ☐ zeigen sie dir die Krallen
- ☐ zeigen sie nichts von sich

39. Auch hier das Ungefähr. Ob sie beim Militär so getroffen haben?
- ☐ über den Daumen peilen
- ☐ scharf schießen
- ☐ schanzen

40. Bitte idiomatisch fortsetzen.
Beim Denken und Schreiben werden manche zu Kindern, die sich was . . .
- ☐ trauen
- ☐ phantasieren
- ☐ aus den Fingern saugen

41. Wähle den passenden Somatismus. Hier eine Art Bedeutung.
Jemand will seine Erheiterung oder Schadenfreude verbergen. Was tut er dann?

☐   sich ins Fäustchen lachen

☐   sich umdrehen

☐   sich's verkneifen

42. Welches Idiom passt da? Oder ist es gar keins.
Dies beruht auf dem Kindermärchen, dass der Storch die kleinen Kinder bringt. Und es heißt, dass sie eins bekommen wird.

☐   In ihr Bein wurde gebissen.

☐   Sie wurde ins Bein gebissen.

☐   Sie hat ins Bein gebissen.

43. Was passt hier als idiomatische Wendung?
Knochen = Bein. Dann reimt es sich besser.
Mal beim Schwören und hier bei der Kälte.

☐   Es friert heute Stein und Bein.

☐   Es friert heute Mark und Bein.

☐   Es geht durch Groschen und Bein.

44. Dafür gibt es das passende Idiom.
Krampft man nicht seine Hände unwillkürlich
zusammen, wenn man stark wünscht, dass einer es
schafft. Ja auch den . . .

☐ Mund für ihn halten

☐ Finger für ihn drücken

☐ Daumen für ihn drücken

45. Welcher von diesen drei Sprüchen ist eher ein
Idiom oder enthält eines? Aber die Sprichwörter
sind auch nicht schlecht, gell?

☐ Das hat er sich nicht aus den Fingern
gesogen.

☐ Wem man den kleinen Finger gibt,
der nimmt oft die ganze Hand.

☐ In der geballten Faust sind alle Finger gleich.

46. Viele Idiome sind nicht auf das Deutsche be-
schränkt. Sie sind international oder interkulturell.
Was wäre bei diesem Spruch das deutsche
Äquivalent?
Give him an inch and he will take a yard.

☐ Sowas saugt man sich nicht aus den Fingern.

☐ Wem man den kleinen Finger gibt,
der nimmt die ganze Hand.

☐ In der geballten Faust sind alle Finger gleich.

47. Leicht rätselhaft. Was soll denn dieser Spruch?
Lange Finger machen lange Beine.

☐   Wer klaut, muss schnell laufen können.

☐   Beides ist attraktiv.

☐   Lange Finger zum Klavierspielen

48. Welcher Spruch ist eigentlich ziemlich
gewöhnlich und weniger lehrreich?

☐   Den Finger, der Honig in den Mund streicht,
soll man nicht beißen.

☐   Der Finger einer Frau zieht stärker als
ein Paar Ochsen.

☐   Da solltest du immer den Finger drauf haben.

49. Weise Sprüche interkulturell.
Leicht rätselhaft. Was soll denn dieser Spruch aus
Surinam:
Mit einem Finger kann man keine Suppe essen.

☐   Du musst immer etwas mehr einsetzen.

☐   Nimm bitte den Löffel.

☐   Drum muss man sie schlürfen.

50. Weise Sprüche interkulturell.
Und dann noch die Russen, sie sagen:
Wer mit goldenem Finger dem Monde winkt,
zu dem kommt er herab.
Was meint das?
- ☐ Da wirst du mondsüchtig.
- ☐ Du musst eben vorher was geben.
- ☐ Sei vorsichtig!

51. Das ist ja leicht windschief. Was würde besser
passen?
Der reißt sich doch keinen Finger aus!
- ☐ der reißt sich doch kein Bein aus
- ☐ der macht doch keinen Finger krumm
- ☐ der rührt keinen Finger

52. Oft werden Idiome vermischt.
Welches würde besser passen?
Die macht doch kein Bein krumm!
- ☐ die reißt sich doch kein Bein aus
- ☐ die macht doch keinen Finger krumm
- ☐ die will ihm an den Karren fahren

3. Von Kopf und Herz

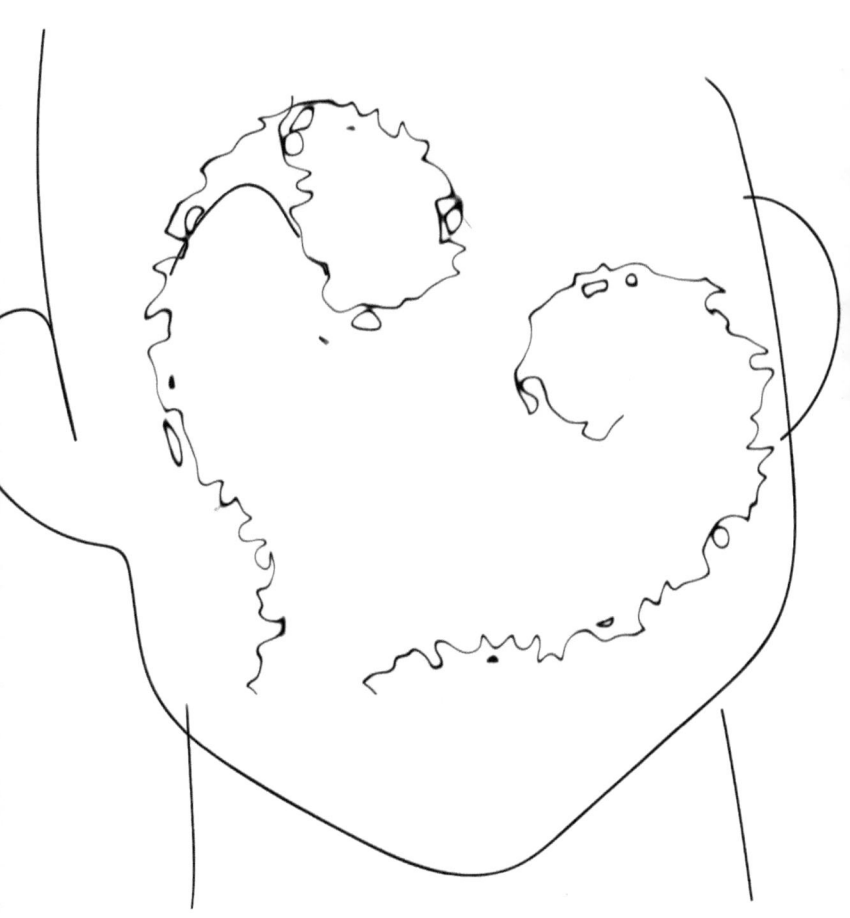

1. Für die Erforschung von Idiomen und die Konzeption von Wörterbüchern ist die Phraseologie zuständig. Eine Abteilung der Linguistik.
Wie heißen Idiome da?

☐   Phraseme
☐   Phrasen
☐   Paraphrasen

2. Die Idiome in diesem Buch heißen auch Somatismen. Darin steckt griechisch »soma«.
Womit hat das zu tun?

☐   mit Spaß
☐   mit Körper
☐   mit Sprache

3. Wie lautet das Idiom? Das Idiom ist alt.
Ja, die Kirche an Haupt und Gliedern reformieren.

☐   an Haupt und Gliedern reformieren
☐   von Grund auf ändern
☐   total erneuern

4. Wie lautet das formelhafte Idiom hier?
Ich wünsche Ihnen von Herzen alles Gute.

☐   von ganzem Herzen
☐   leichten Herzens
☐   von Herzen wünschen

5. Wie lautet das Idiom?
Kannst du dir das vorstellen?
Als sie endlich mal wieder die Bucht von Taormina
sah, ging ihr das Herz auf.
☐ geht das Herz auf
☐ leichten Herzens
☐ blutenden Herzens

6. Wie lautet das Idiom? Schneide es heraus, wie
es im Beispiel steht und verallgemeinre etwas.
Er brachte es nicht übers Herz, ihr die Wahrheit
zu sagen.
☐ es übers Herz bringen, etwas zu tun
☐ es nicht übers Herz bringen, etwas zu tun
☐ es übers Herz bringen, etwas nicht zu tun

7. Wie lautet der Somatismus aus diesem Text
allgemein wohl kaum.
Er brachte es nicht übers Herz, ihr die Wahrheit zu
sagen.
☐ es übers Herz bringen, etwas nicht zu tun
☐ es nicht übers Herz bringen, etwas zu tun
☐ es übers Herz bringen, etwas zu tun

8. Wie lautet das Idiom?
Wähle es in abgewandelter Form.
Mir blieb das Herz stehen, als ich die Kinder da am
Rand der Ruinen spielen sah.

☐ das Herz stehen bleiben

☐ dreht sich das Herz im Leibe um

☐ bleibt das Herz stehen

9. Wie lautet das Idiom?
Wähle die beste Darstellung.
Es hätte ihr fast das Herz gebrochen, als er die
Verlobung auflöste.

☐ jemandem bricht das Herz

☐ jemand bricht das Herz

☐ jemand das Herz gebrochen

10. Wie lautet das Idiom? Welches ist die beste
Formulierung? Achte auf die Offenheit.
Er hatte sein Herz in Rom verloren, wo er zwei
Semester studiert hatte.

☐ sein Herz [an etwas] verlieren

☐ sein Herz [an . . .] verlieren

☐ sein Herz [an jemanden] verlieren

11. Wie lautet das Idiom?
Was wäre eine Art Wörterbuchversion?
Ich habe mir fest vorgenommen, dem Chef auf
den Kopf zuzusagen, was ich von ihm halte.
☐   jemandem etwas auf den Kopf zusagen
☐   etwas auf den Kopf sagen
☐   auf den Kopf sagen

12. Wie heißt das Idiom? Unter welchem Suchwort
könntest du es im Wörterbuch finden?
In diesem Bericht werden alle Tatsachen auf den
Kopf gestellt.
☐   stellen
☐   auf den Kopf stellen
☐   Kopf

13. Welches Idiom ist hier gemeint und verschrieben?
Mit deiner letzten Bemerkung hast du den Nagel
auf dem Kopf getroffen.
☐   den Nagel auf den Kopf treffen
☐   im Kopf herumgehen
☐   wird den Kopf nicht kosten

14. Wähle das Idiom in standardsprachlich etwas verzerrter Form.

Seit Tagen geht mir im Kopf rum, was wohl aus dem armen Onkel geworden ist.

☐   mit dem Kopf umgehen

☐   im Kopf herumgehen

☐   im Kopf rumgehen

15. Ein schlimmer Somatismus. Wie heißt er?

Es kann dich Kopf und Kragen kosten, wenn du dich mit diesen Leuten einlässt.

☐   jemanden Kopf und Kragen kosten

☐   es geht um Kopf und Kragen

☐   jemanden Kragen und Kopf kosten

hinhalten Schere
nicken
verdrehen schütteln
verständnislos
schlagen Kopf überm
Kragen stoßen
behalten
zerbrechen kühl Nacken
Bauch
hochrot Hals
gesenkt

16. Das Idiom bedeutet in etwa
»auswendig wissen«. Doch wie lautet es genau?
Früher konnte sie »Das Lied von der Glocke« aus
dem Kopf aufsagen.
- ☐ aus dem Kopf hersagen
- ☐ aus dem Kopf aufsagen
- ☐ aus dem Kopf

17. Wie lautet das Idiom eher klassisch? Hier etwas
salopp, da reimt sich's auf Kopp.
Wähle die nicht so lustige Standardversion.
Innerhalb von drei Monaten hatte er seine ganze
Erbschaft auf den Kopp gehauen.
- ☐ etwas auf den Kopf hauen
- ☐ etwas auf den Kopp hauen
- ☐ einem auf den Kopp hauen

18. Wie heißt das Idiom klassisch?
Sie hatte schon immer große Rosinen im Kopf.
- ☐ große Rosinen im Kopf
- ☐ Rosinen im Kopf haben
- ☐ große Rosinen im Kopf haben

19. Als Wörterbucheintrag? Wähle aus, wo zu viel aus dem Text herausgeschnitten.
Plötzlich schoss ihm eine fantastische Idee durch den Kopf.

☐   [plötzlich] [durch den Kopf schießen]

☐   [durch den Kopf schießen]

☐   [schoss] [durch den Kopf]

20. Schneide den Idiomteil aus diesem Satz.
Die Schüler tanzen ihm auf dem Kopf herum.

☐   tanzen auf dem Kopf herum

☐   tanzen ihm auf dem Kopf

☐   tanzen ihm auf dem Kopf herum

21. Wie lautet das Idiom?
Nachdem sie erst dem Cousin den Kopf verdreht hatte, heiratete sie seinen Bruder.

☐   jemandem den Kopf verdrehen

☐   jemandem den Kopf drehen

☐   den Kopf oben behalten

22. Was wäre kein gutes Lernmuster für das Idiom:
von ganzem Herzen etwas tun

☐   von_ganzem_Herzen_freuen_wir_uns_auf

☐   ganzem_Herzen_lieben_wir_freuen_uns_alle

☐   Dich_von_ganzem_Herzen_und_freuen

23. Wie könntest du dieses Idiom gut erklären?
Dein Sohn benimmt sich in letzter Zeit unmöglich,
dem musst du mal den Kopf zurechtsetzen.

☐   zur Vernunft bringen

☐   den Kopf waschen

☐   etwas klar machen

24. Was bedeutet das Idiom? Denk dran:
Der Kopf ist oben!
Der Erfolg seiner Romane war ihm in den Kopf
gestiegen.

☐   unverständlich sein

☐   ist völlig verwirrt

☐   überheblich machen

25. Die Bedeutung des Idioms.
Mir will bis heute nicht in den Kopf, warum ihr damals nach Amerika gegangen seid.

☐ leuchtet nicht ein
☐ versteh ich gut
☐ verwirrt mich

26. Was bedeutet das Idiom?
Ihr schwirrte der Kopf vor lauter Paragraphen und Bestimmungen, die da zu beachten seien.

☐ war verletzt
☐ jemand ist völlig verwirrt
☐ sie war gekränkt

27. Was ist kein gemeinsamer Bedeutungszug dieser Idiome?
Kopf bis Fuß mustern
aufs Haar genau kennen
auf Herz und Nieren prüfen

☐ eingebildet
☐ genau
☐ sorgfältig

Oft dicker als dick
Sitz ich auf Hals und Genick.

28. Wenn man ein rechter Dickkopf ist, dann wird man eher nicht

☐ mit dem Kopf durch die Wand wollen.

☐ nach seinem eigenen Schädel handeln.

☐ einen dicken Kopf haben.

29. Was bedeutet das Idiom? Was könnte man hier in etwa einsetzen?

Ich weiß seit Tagen nicht mehr, wo mir der Kopf steht.

☐ so von der Rolle bin

☐ so einen dicken Kopf habe.

☐ so wackelig bin

30. Was bedeutet das Idiom? Pass auf: Es geht nicht um den Hut auf den Kopf.

Wenn du deinen Kopf aufsetzt, dann bleiben wir eben zu Hause.

☐ jemand hat Kopfschmerzen

☐ widerspenstig werden

☐ ein Vorhaben aufgeben

31. Wie wäre dieses Idiom eher nicht zu verstehen?
Einen Neuwagen können wir uns aus dem Kopf
schlagen.

☐   verkaufen
☐   ein Vorhaben aufgeben
☐   vergessen

32. Was bedeutet das Idiom? Versuch es etwas
genauer.
Da wirst du dir den Schädel einrennen, das kannst
du mir glauben!

☐   wird wehtun
☐   wirst nicht scheitern
☐   mit Eigensinn keinen Erfolg haben

33. Was bedeutet das Idiom?
Alles ausgeleert, jetzt hat die liebe Seele endlich
Ruh.

☐   jetzt sollten alle zufrieden sein
☐   zwischen zwei Neigungen gesättigt
☐   ist tot

Wenn man ihn sich zerbricht,
Bricht er doch nicht.
Und fällt man drauf,
Bricht er nicht immer auf.

34. Womit spielt das Textstücklein hier eher nicht?
Drei Seelen wohnen, ach, in meiner Brust.
☐   ist ironisch
☐   zeigt Unbildung
☐   möchte übertreiben

35. Was bedeutet der leicht idiomatische Ausruf?
Meiner Seel, ich hab getan, was ich konnte!
☐   Bekräftigung, Beteuerung
☐   Kümmernis
☐   innere Anteilnahme

36. Was bedeutet das Idiom eher nicht?
Wähle dein Stichwort.
Diese Tat lastet zeitlebens schwer auf seiner Seele.
☐   bedrücken
☐   bekümmern
☐   entlasten

37. Was würde die Bedeutung ungefähr angeben?
Am Morgen des folgenden Tages hauchte die Frau
Oberin ihre Seele aus.
☐   sterben
☐   jemandem nahegehen
☐   trat aus

38. Was bedeutet das Idiom? Denk daran:
Das Herz ist der Sitz der Gefühle.
Der Abschied von den Kindern ging ihr ans Herz.
☐   Sympathien verlieren
☐   nahegehen
☐   Liebe gewinnen

39. Was bedeutet das Idiom?
Wähle aus den kurzen Stichwörtern.
Sie musste sich eingestehen, dass dieser junge
Springer ihr Herz gestohlen hatte.
☐   in ihn verliebt gemacht
☐   seine Liebe gewonnen
☐   sie sehr traurig gemacht hat

40. Was besagt das Idiom eher nicht?
Der sprechfreudige Showmaster hatte alle Herzen
im Sturm erobert.
☐   es ging sehr schnell
☐   es ging wie der Wind
☐   es war eben sehr stürmisch

41. Was bedeutet das Idiom? Stell mal eine dumm-kluge Frage, aber wähle die fadeste.
Dem Trainer lachte das Herz im Leibe, als er sah, wie selbstbewusst die jungen Spieler auftrumpften.
☐   warum?
☐   im Leib? Wo sonst?
☐   hat es laut gelacht?

42. Was bedeutet das Idiom?
Von Herzen gern werde ich Ihrer Einladung folgen.
☐   wahrscheinlich
☐   sehr gern
☐   gezwungenermaßen

43. Welches Idiom passt da?
Früher war es üblich, beim Schwören die Hand auf die linke Brustseite zu legen.
☐   Hand aufs Herz!
☐   Sagen Sie die Wahrheit!
☐   seine Hände in Unschuld waschen

44. Welches Idiom passt da?
Dieser Ausdruck ist alte Rechtssprache:
stante pede war das Urteil entgegenzunehmen.
- ☐ sofort
- ☐ Hand aufs Herz!
- ☐ stehenden Fußes

45. Welches Idiom passt da?
Im Feuerurteil musste der Angeklagte seine
Unschuld beweisen.
- ☐ die Hand für sie ins Feuer legen
- ☐ für etwas bürgen
- ☐ alle Karten in der Hand haben

46. Welches Idiom passt da?
Wenn etwas klar auf der Hand liegt, dann ist es . . .
- ☐ handgreiflich
- ☐ nicht von der Hand zu weisen
- ☐ offenkundig

47. Welches Idiom passt dafür eher nicht?
Wer sich völlig sicher ist, kann schon mal mit seiner Hand zu bürgen.
- ☐ etwas vorausahnen
- ☐ sich für X die Hand abschlagen lassen
- ☐ die Hand dafür ins Feuer legen

48. Welches Idiom passt da?
Brutal, wenn der Sieger zum Zeichen des Sieges
und der völligen Unterwerfung dies tat.
- ☐ seine Macht fühlen lassen
- ☐ auf vertrautem Fuß stehen
- ☐ den Fuß auf den Nacken setzen

49. Welche Formel passt da?
Der somatische Ausdruck stammt aus der Bibel.
Er bezieht sich auf Nebukadnezars Traum. Aber er
wurde verallgemeinert.
So könnten wir es nun auch.
- ☐ auf tönernen Füßen stehen
- ☐ etwas sehr Großes, das zusammenzubrechen
  droht
- ☐ seine rechte Hand

50. Welches Idiom passt da?
Welches ist denn deine Unglücksseite? Ja, wenn du
morgens aufstehst.
- ☐ kalte Füße bekommen
- ☐ mit dem linken Bein aufgestanden
- ☐ schlecht gelaunt

51. Welches Idiom passt da?
Ja, woher kommt die Entschlusskraft und womit wird es dann ausgeführt.

- ☐   sein Herz in die Hand nehmen
- ☐   seinen ganzen Mut zusammennehmen
- ☐   Hand und Fuß haben

52. Oft werden Idiome windschief verwendet. Welches würde besser passen?
Da fällt mir ein Schwein vom Herzen.

- ☐   Schwein gehabt
- ☐   das Blaue vom Himmel versprechen
- ☐   Stein vom Herzen

53. Oft werden Idiome vermischt oder vermusselt. Welches würde besser passen?
Du tötest mir die letzten Nerven!

- ☐   du gehst mir auf die Nerven
- ☐   du tötest mir den letzten Nerv
- ☐   jemandem die Hölle heiß machen

54. Das ist ja leicht windschief. Was wäre besser?
Du tötest mir die Nerven!

- ☐   du tötest mir den Nerv
- ☐   du gehst mir auf die Nerven
- ☐   du tötest mir den letzten Nerv

4. Ganz Auge und Ohr

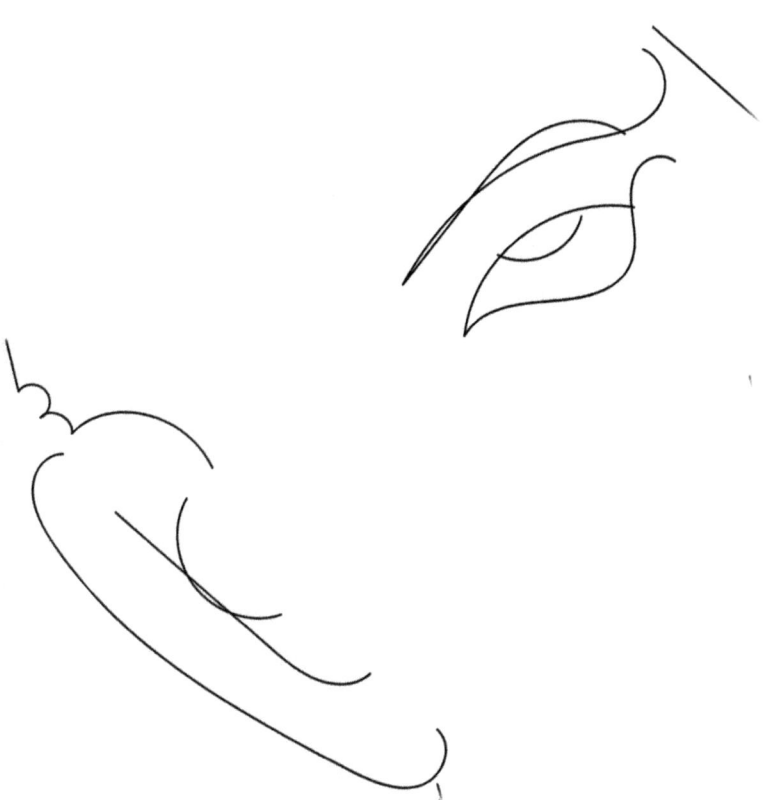

1. Wie lautet das Idiom?

Sie mussten Augen und Ohren aufhalten, denn in die Gegend wimmelte es vor Gefahren.

☐ Augen und Ohren aufhalten

☐ die Augen aufreißen

☐ den Tatsachen ins Gesicht sehen

2. Wähle das passende Idiom? Hier mal klassisch im Infinitiv.

Er wusste, dass die Frauen in der Umkleide waren. Und da hätt er gern ein Auge riskiert.

☐ die Augen vor etwas verschließen

☐ ein Auge riskieren

☐ Augen im Kopf haben

3. Und hier mal etwas milder. Wähle das passende Idiom?

Er wusste, dass die Mädchen im Umkleideraum waren, und hätte davor gern die Augen verschlossen.

☐ die Augen vor etwas verschließen

☐ ein Auge riskieren

☐ Augen im Kopf haben

4. Erkennst du das Idiom? Wähle das Wörterbuch-
format.
Wir dürfen die Augen vor der wachsenden
Gefährdung der Jugend nicht verschließen.

☐   die Augen verschließen
☐   die Augen nicht verschließen
☐   die Augen vor etwas verschließen

5. Wie lautet das Idiom hier genau?
Bei keinem der Abgeordneten konnten Vertreter
der Bürgerinitiative ein offenes Ohr finden.

☐   ein offenes Ohr finden
☐   ein geneigtes Ohr finden
☐   die Ohren offen halten

6. Wie lautet das Idiom? Genieße die anderen.
Es kam ihm so vor, als hätte der Nachbar ein Auge
auf seine Frau geworfen.
- ☐   tief in die Augen schauen
- ☐   ein Auge auf jemanden werfen
- ☐   schöne Augen machen

7. Erkennst du den Somatismus?
Seit drei Tagen lässt er die Ohren hängen,
weil er Krach mit seiner Freundin hat.
- ☐   die Ohren hängen lassen
- ☐   mit den Ohren verschlingen
- ☐   an den Ohren hängen

8. Kennst du auch dieses Idiom direkt im Text?
Aber die anderen sind auch nicht schlecht.
Die Neue wurde von den Männern förmlich mit
den Augen verschlungen.
- ☐   mit scheelen Augen ansehen
- ☐   kein Auge von etwas lassen
- ☐   mit den Augen verschlingen

9. Wie lautet das Idiom?
Den Schreibfehler müsstest du übersehen.
Die Opposition sah die Erfolge der
Regierungsparteien mit schelen Augen an.
☐ mit scheelen Augen ansehen
☐ kein Auge von etwas wenden
☐ kein Auge zutun

10. Welche der drei Kurzformen gehört hier rein?
Man erkennt die Larven mit unbewaffnetem Auge.
☐ mit einem blauen Auge
☐ mit unbewaffnetem Auge
☐ mit bloßem Auge

11. Wie lautet das zwiespältige Idiom?
Haben wir die Niederlage mit einem lachenden und
einem weinenden Auge hingenommen.
☐ mit einem lachenden und einem weinenden Auge
☐ mit einem weinenden Auge
☐ mit einem lachenden Auge

12. Wie heißt das Idiom, das dahintersteckt?
Bei den Streitereien der Geschwister hatte sie mit
ganzem Ohr zugehört.
☐ mit halben Ohren hinhören
☐ mit einem Ohr zuhören
☐ mit halbem Ohr zuhören

13. Wie lautet das Idiom, mit dem hier gespielt ist?
Ich bin mit einem grünen Auge davongekommen.
- ☐   mit einem blauen Auge davonkommen
- ☐   mit einem lachenden Auge
- ☐   mit einem weinenden Auge

14. Wie lautet der Somatismus? Vielleicht wär er doch interessant. Aber:
Die Geschichte ist nichts für zarte Ohren.
- ☐   nichts für große Ohren
- ☐   nichts für zarte Ohren sein
- ☐   nur für Augen

15. Wie lautet der Somatismus?
Er zahlt, ohne mit der Wimper zu zucken, alles.
- ☐   ohne mit der Wimper zu zucken
- ☐   mit offenen Augen
- ☐   mit den Wimpern zu klimpern

16. Wie lautet der Somatismus? Etwas windschief verwendet hier.
Er hatte Ohren wie ein Luchs und verstand jedes Wort, obwohl die beiden tuschelten.
- ☐   Augen wie ein Luchs haben
- ☐   Ohren wie ein Dachs haben
- ☐   Ohren wie ein Luchs haben

17. Wie lautet das Idiom? Wähle die gängigste Version.

Sie traute ihren Augen nicht, als eines Tages ihr Mann an der Tür läutete.

☐   seinen Augen nicht trauen

☐   seinen eigenen Augen nicht trauen

☐   seine Augen überall

18. Wie lautet das Idiom, das hier wie meistens negiert vorkommt?

Der Vorstand traute seinen Ohren nicht, als man ihm seine Entlassung ankündigte.

☐   den Ohren nicht trauen

☐   seinen Ohren trauen

☐   seinen Ohren nicht trauen

19. Wie lautet das Idiom? Beste Version bitte.

Sie war fürchterlich müde und haute sich aufs Ohr.

☐   sich aufs Ohr hauen

☐   sich aufs Ohr legen

☐   aufs Ohr hauen

20. Wie lautet der Somatismus?

Sie lässt sich nicht an den Wimpern klimpern.

☐   mit den Wimpern klimpern

☐   sich nicht an den Wimpern klingeln lassen

☐   sich nicht an den Wimpern klimpern lassen

21. Wie lautet der Somatismus?
Hier ist ein fast passendes Stück ausgezeichnet.
Die werden jedem auffallen, der nicht gerade
»Tomaten auf den Augen« hat.

☐   Tomaten auf den Augen haben
☐   mit Tomaten auf den Augen sehen
☐   Tomaten auf den Augen hatte

22. Die ulkigste Abwandlung, bitte.
Ich verstehe nicht, warum ich nicht mitdarf,
vier Augen sehen doch mehr als zwei.

☐   vier Augen sehen mehr als zwei
☐   sechs Augen sehen mehr als drei
☐   vier Augen sehen doch mehr als zwei

23. Spiel mit Idiomen. Wähle das pfiffige.
Was war los, dass sie vor ihm ihre Ohren verschloss?

☐   sein Ohr verschließen
☐   seine Ohren verschließen
☐   seine Ohren zumachen

24. Mit Mustern kann man Idiome gut darstellen.
Welches Muster zeigt das Idiom am besten?

☐   richtig_die_Augen_geöffnet
☐   wieder_die_Augen_geöffnet
☐   ihr_die_Augen_geöffnet

25. Für Lerner können patterns oder Muster helfen.
Welche Version zeigt das Idiom am besten?

☐   dies_ins_Auge_fassen
☐   ins_Auge_gefasst_habe
☐   ins_Auge_gefasst_weil

26. Die Form zeigt sich gut in wiederkehrenden
Textstückchen
Welche Version zeigt das Idiom am besten?

☐   keine_Augen_hat_für
☐   keine_Augen_haben_für
☐   kein_Auge_dafür_gehabt

27. Noch ein paar Chunks.
Welche Version zeigt das Idiom am besten?

☐   über_beide_Ohren_verliebt
☐   über_die_Ohren_verliebt
☐   über_zwei_Ohren_verlieben

28. Idiome verwenden braucht gutes Sprachgefühl.
Dann kann man auch damit spielen.
Ihr wurde jahrelang Salz in die Augen gestreut.
Was will man mit der Abwandlung andeuten?

☐   Sand war knapp
☐   sie war blind
☐   es war sehr bitter

29. Die Bedeutung ist meist übertragen.
Was bedeutet das Idiom hier?
Großvater wird wohl bald die Augen zumachen.
- ☐   sterben
- ☐   ungewöhnlich gut sehen können
- ☐   davon nichts wissen wollen

30. Die Bedeutung kann man nur ungefähr
angeben. Was ginge hier?
Der Chefin entgeht nichts, die hat Augen wie ein
Luchs.
- ☐   wen man nicht mehr sieht, den vergisst man
- ☐   ungewöhnlich gut sehen können
- ☐   nichts sehen wollen

31. Für die Bedeutung schaut man auf das Kernwort. Was fällt dir dazu ein?
Abwaschen und die Küche putzen sollte er, aber
auf dem Ohr hört er anscheinend schlecht.
- ☐   von etwas nichts wissen wollen
- ☐   was man nicht mehr sieht, vergisst man
- ☐   etwas nachsichtig, wohlwollend übersehen

32. Dies ist eher ein Sprichwort. Was könnte es besagen?
Seit seinem Umzug habe ich nichts mehr von ihm gehört: Aus den Augen, aus dem Sinn.
☐   etwas nachsichtig, wohlwollend übersehen
☐   ein wenig schlafen
☐   wen man nicht mehr sieht, den vergisst man

33. Wohin führt dich das Kernwort?
Das Gericht drückte ein Auge zu.
Urteil: drei Monate mit Bewährung.
☐   etwas nachsichtig, wohlwollend übersehen
☐   ein wenig schlafen
☐   ein feines Empfinden für etwas haben

34. Was fällt einem ein beim Leitwort Ohr?
Und was braucht man oft fürs Verständnis.
☐   riechen
☐   hören
☐   sehen

35. Was fällt einem eher nicht ein beim Leitwort Ohr?
☐   spitzeln
☐   hören
☐   lauschen

36. Wozu sind die Augen da? Als Ankerwort hilft das beim Verstehen.

□ fühlen

□ hören und riechen

□ sehen und beobachten

37. Und wozu sind die Augen eher nicht da?

□ hören

□ sehen

□ beobachten

38. Idiome haben einen semantischen Mehrwert. Was bedeutet das Idiom?

Ruhe jetzt, sonst kriegst du ein paar hinter die Ohren!

□ an etwas Gesagtes erinnern

□ geohrfeigt werden

□ etwas innerlich hören

39. Und hier bitte. Was besagt das Idiom?

Hatten Sie ein bestimmtes Modell im Auge?

□ Haben Sie es kaufen wollen?

□ Haben Sie es angeschaut?

□ Hat es Ihnen gefallen?

40. Paraphrasen bringen nicht alles. Aber fürs
Lernen taugen sie. Was bedeutet das Idiom?
Sie hatte noch genau im Ohr, wie alle sich damals
über sie lustig gemacht hatten.

☐ im Ohr klingen lassen
☐ genau aufpassen
☐ sich an etwas Gehörtes erinnern

41. Das Wörterbuch gibt Hinweise. Richtig klar wird
die Bedeutung im Kontext. Was erkennst du hier?
Wir werden die Verbesserungsmöglichkeiten ins
Auge fassen.

☐ erwägen, überprüfen
☐ genau aufpassen
☐ nach vorn schauen

42. Was bedeutet das Idiom?
Die Bedeutung ist meist übertragen.
Ja, bitte. Es tut mir furchtbar leid, aber hinten habe
ich keine Augen.

☐ Achtung geben
☐ nach hinten nicht sehen können
☐ nichts dafür können

43. Idiome sind oft bestimmt durch ein Wort.
Für die Bedeutung schaut man auf dieses
Ankerwort.
Was fällt dir zu »spitz« ein für einen Somatismus?

☐ Zunge

☐ Haare

☐ Kopf

44. Dem Biest möchte ich am liebsten die Augen
auskratzen!
Hast du das Idiom erkannt? Meist wird es von
Frauen gesagt. Was bedeutet es hier?

☐ sie verführerisch ansehen, flirten

☐ ihr ganz nah gegenüberstehen

☐ auf sie so wütend sein, dass man ihr was
antun möchte

45. Was bedeutet das Idiom?
Idiome haben einen semantischen Mehrwert.
Der Doktor machte der Frau des Apothekers
schöne Augen.

☐ verführerisch ansehen

☐ ganz nah gegenüberstehen

☐ sich nicht mehr sehen lassen

46. Was bedeutet das Idiom? Hier bitte wie im Wörterbuch.

Demonstranten und Polizisten standen sich Auge in Auge gegenüber.

- ☐ enge Verbindung mit jemandem haben
- ☐ jemandem ganz nah gegenüberstehen
- ☐ sich nicht mehr bei jemandem sehen lassen

47. Was bedeutet das Idiom?

Das Wörterbuch gibt Hinweise. Richtig klar wird die Bedeutung im Kontext.

Der alten Dame sah der Schalk aus den Augen.

- ☐ Ihr Blick und Gesichtsausdruck waren knitz.
- ☐ Man sah, wie unerfreulich etwas in Wirklichkeit ist.
- ☐ Sie wollte scharf zurechtweisen.

48. Ich sollte dir mal über deinen Freund die Augen öffnen.

Die Bedeutung ist meist übertragen.

- ☐ tadeln
- ☐ zeigen, wie gut jemand aussieht
- ☐ aufklären, wie mies etwas in Wirklichkeit ist

49. Was bedeutet das Idiom?
Dein Vater zieht dir die Ohren lang, wenn er sieht, was du angestellt hast.
Die Bedeutung kann man nur ungefähr angeben. Was ginge hier?

☐ jemanden tadeln, scharf zurechtweisen
☐ jemanden durch ständiges Klagen belästigen
☐ jemanden stören und ihm verhasst sein

50. Was bedeutet das Idiom?
Will er selbst was nicht machen, drückt er es mir aufs Auge.
Denke über das Leitwort nach.

☐ jemandem etwas deutlich zeigen, klarmachen
☐ jmdm. etwas [Unangenehmes] aufbürden
☐ jemandem etwas einreden

51. Was bedeutet das Idiom?
Idiome haben einen semantischen Mehrwert.
Hier schon mal etwas deftig.
Wer hat dir nur den Unsinn mit dem Klimawandel in die Ohren geblasen?

☐ jemandem etwas einreden
☐ jemandem etwas deutlich zeigen
☐ jemandem etwas deutlich sagen

52. Paraphrasen bringen nicht alles. Aber fürs Lernen sind sie gut geeignet.
Als sie ihn für ihre Zwecke einspannen wollten, gingen ihm endlich die Augen auf.

☐ der es gehört hat, nicht vergessen werden
☐ wandte sich endlich ab
☐ durchschaute plötzlich alles

53. Sie sollten ihm wenigstens für einige Minuten Ihr Ohr leihen.
Die Bedeutung kann man nur ungefähr angeben.
Das Poetische geht verloren.

☐ zuhören
☐ aushelfen
☐ jemanden verliebt ansehen

54. Was bedeutet das Idiom? Denke über das Leitwort nach.
Du hast doch wirklich der Neuen zu tief ins Auge gesehen?

☐ etwas scharf beobachtet
☐ sich in sie verliebt
☐ sie belästigt

55. Dies stammt aus der Fechtersprache,
bedeutete ursprünglich
»den Gegner mit der Waffe am Kopf treffen«.
Wie heißt das Idiom? Was macht man mit dem
Schwert?
- ☐ jemanden übers Ohr hauen
- ☐ eine hinter die Ohren
- ☐ vor den Kopf stoßen

56. Früher wurden Knaben als Zeugen mitgenom-
men, die sich die Lage der Grenzsteine genau
einprägen sollten.
Dabei wurden ihnen Hördenkzettel verpasst.
Wie heißt das Idiom? Nicht ganz einfach.
- ☐ gut aufpassen
- ☐ die Ohren spitzen
- ☐ sich etwas hinter die Ohren schreiben

57. Faust und Auge passen nicht zusammen, weil
es höchst unangenehm ist, einen Faustschlag aufs
Auge zu bekommen.
Wie heißt das Idiom? Überlege!
- ☐ passt wie die Faust aufs Auge
- ☐ Auge um Auge
- ☐ glatt ins Auge gegangen

58. Das ist ja leicht windschief. Was würde besser passen?
Lass dir doch von dem keine Laus ins Ohr setzen.
☐   einen Floh im Ohr haben
☐   eine Laus in den Pelz setzen
☐   einen Floh ins Ohr setzen

59. Das ist ja leicht windschief oder abgewandelt. Was wäre eher das Original?
Ich trau meinen Ohren nicht.
☐   Ich trau meinen Augen nicht.
☐   Ich trau meiner Nase nicht.
☐   Ich trau meinem Ohr nicht.

60. Oft werden Idiome vermischt. Da kann man sich schon mal blamieren.
Welches würde besser passen?
Lass dir nur keine Laus ins Ohr setzen.
☐   keine Laus ins Auge setzen
☐   keine Laus ins Ohr kriechen
☐   keinen Floh ins Ohr setzen

61. Oft werden Idiome aus Unwissenheit vermischt.
Welches würde besser passen?
Das hängt mir nun wirklich zur Nase raus.
☐　　wirklich zum Hals raus
☐　　wirklich zum Ohr raus
☐　　wirklich zum Kopf raus

62. Vorsicht! Oft werden Idiome vermusselt.
Was funkt hier eher nicht rein?
Lass dir doch von dem keine Laus ins Ohr setzen.
☐　　eine Laus in den Pelz setzen
☐　　einen Floh ins Ohr setzen
☐　　keine Laus über die Leber laufen

63. Oft werden Idiome windschief vermischt.
Was funkt hier rein?
Und meine Freundin machte Augen wie ein Luchs.
☐　　hatte Augen wie ein Luchs
☐　　lass sie links liegen
☐　　machte Stielaugen

5. Rund ums Gesicht

1. Wie lautet das Idiom genau?
Warum trinkt ihr nicht einfach den Wein und halten endlich mal die Klappe?
- ☐   die Klappe halten
- ☐   eine große Klappe haben
- ☐   auf die Klappe geben

2. Wie wird das Idiom stilistisch markiert?
Das ist ja zum Kotzen, wie der die Klappe aufreißt.
- ☐   als poetisch
- ☐   als vulgär
- ☐   als gehoben

3. Wie lautet das Idiom genau?
Du musst dem Schwätzer endlich das Maul stopfen.
- ☐   das Maul stopfen
- ☐   in den Mund stopfen
- ☐   den Mund verbieten

4. Was wäre witzig hierfür?
Der Grünschnabel sollte mal den Schnabel halten.
- ☐   Der Grünschnabel sollte mal still sein.
- ☐   Der Grünschnabel sollte die Klappe halten.
- ☐   Der Grünmund sollte mal den Mund halten.

5. Wie lautet der Somatismus genau?
Da red ich mir den Mund fusselig,
aber alle machen doch, was sie wollen.
- ☐ sich den Mund fusselig reden
- ☐ sich den Mund fußelig reden
- ☐ sich den Mund fußlich reden

6. Im Wörterbuch stilistisch kategorisiert?
Was könntest du bei dem hier finden?
Wer hier eine dicke Lippe riskiert, der fliegt raus!
- ☐ vulgär
- ☐ umgangssprachlich
- ☐ literarisch

7. Wie lautet das Idiom genau?
Sie schämte sich wirklich, aber das Wörtchen
»Entschuldigung« brachte sie nicht über die
Lippen.
- ☐ etwas nicht über die Lippen bringen
- ☐ nicht über die Lippen kommen
- ☐ über jemandes Lippen kommen

Wange
bluten dick
Piercing

gebissen riskieren
beißen Lippe
kess frech

8. Wie lautet das Idiom genau?

Als sie gefragt wurde, ob sie . . ., da ging bei ihr sofort die Klappe runter.

☐ die große Klappe schwingen
☐ bei ihr fällt die Klappe
☐ bei ihr geht die Klappe runter

9. Wie würde das in Wörterbüchern markiert?

Es gibt doch keinen Grund, das Maul hängen zu lassen.

☐ derb
☐ gehoben
☐ umgangssprachlich

10. Welches Adjektiv erschein selten in dem Idiom?

Hör nicht auf sie, sie hat ein böses Maul.

☐ grobes
☐ gottloses
☐ ungewaschenes

11. Welches Idiom kommt hier nicht vor?

Dem Volk aufs Maul schauen und ihm nach dem Munde reden.

☐ an jemandes Mund hängen
☐ aufs Maul schauen
☐ nach dem Munde reden

12. Wie wird das Idiom (wie alle mit Maul) in Wörterbüchern markiert?
Die Alte liebte es, sich über andere das Maul zu zerreißen.

- ☐ gehoben
- ☐ poetisch
- ☐ derb

13. Was wäre die herbste korrekte Version hiervon?

- ☐ Niemand traute sich, deswegen das Maul aufzureißen
- ☐ Niemand traute sich, deswegen den Mund aufzumachen
- ☐ Niemand traute sich, deswegen den Maul aufzumachen

14. Hier gibt es tolle Varianten.
Was wäre die zahmste?

- ☐ Kannst du nicht endlich mal die Klappe halten!
- ☐ Kannst du nicht endlich einmal den Mund halten!
- ☐ Kannst du nicht endlich mal die Fresse halten!

15. Was wäre hiervon eher kein gängiges Idiom?
- ☐   den Mund auf dem rechten Fleck haben
- ☐   den Mund nicht aufbekommen
- ☐   den Mund zu voll nehmen

16. Wie lautet das Idiom genau?
Vor dem Spiel hatte der Trainer noch eine große Klappe.
- ☐   die Klappe haben
- ☐   Klappe zu!
- ☐   eine große Klappe haben

17. Wie lautet das Idiom hier genau?
Sei still! Sonst kriegst du eins auf die Klappe.
- ☐   eins auf die Klappe kriegen
- ☐   eins auf die Klappe geben
- ☐   eins auf die Klappe bekommen

18. Wie könnte das Idiom im Wörterbuch stehen?
Wie verzaubert hingen wir Kinder dann an Opis Lippen.
- ☐   etwas nicht über die Lippen bringen
- ☐   an jemandes Lippen hängen
- ☐   hingen an den Lippen

19. Wie lautet das Idiom eher nicht? Da hätte es eine nette Deutung.
Drehen Sie mir doch nicht das Wort im Munde um.

□ jemandem das Wort im Munde herumdrehen

□ jemandem das Wort im Mund umdrehen

□ jemandem das Wort im Munde umdrehen

20. Welche Version ist hier stilistisch etwas gemildert? Wähle die milde Version.
Offenheit bewundere ich, doch du solltest dir nicht das Maul verbrennen.

□ sich das Maul verbrennen

□ das Maul zu weit aufmachen

□ sich den Mund verbrennen

21. Wie lautet das Idiom üblicherweise, gehoben und hier genau?
Für das Studium habe ich mir jeden Bissen vom Munde abgespart.

□ sich jeden Bissen vom Munde absparen

□ sich den letzten Bissen am Mund absparen

□ sich jeden Bissen vom Mund absparen

22. Wie lautet das Idiom genau?
Nach dem Krieg lebten viele Menschen von der Hand in den Mund.
- ☐   aus einem Munde leben
- ☐   von der Hand in den Mund leben
- ☐   von Hand zu Mund leben

23. Wie lautet das Idiom genau?
Die Neuigkeit ging von Mund zu Mund, bald wussten alle Bescheid.
- ☐   von Mund zu Mund gehen
- ☐   wie aus einem Munde
- ☐   von Mund zu Mund fliegen

24. Welches wäre das beste Muster für das Idiom?
- ☐   der_Zunge_zergehen_ließ
- ☐   Zunge_zergehen_lassen
- ☐   auf_der_Zunge_zergehen

25. Welches wäre das beste Muster für das Idiom?
- ☐   auf_die_Zunge_gebissen
- ☐   die_Zunge_biss_ehe
- ☐   in_die_Zunge_gebissen

26. Welches wäre das beste Muster für das Idiom?

☐   ihrer_gespaltenen_Zunge_folgen

☐   mit_gespaltener_Zunge_sagte

☐   der_gespaltenen_Zunge_zufolge

27. Was würde denn hier am besten reinpassen?
Sie schmierte ihrem Kindlein ständig _____ ums Maul.

☐   Honig

☐   Schaum

☐   Pudding

28. Was bedeutet das Idiom in diesem Kontext?
Vor dem Spiel hatten sie alle noch eine große Klappe.

☐   waren vorlaut

☐   hatten herausfordernd geredet

☐   haben groß getan

29. Was bedeutet das Idiom in diesem Kontext eher nicht?
Wer hier eine dicke Lippe riskiert, der fliegt raus!

☐   nix sagt

☐   sich aufspielt

☐   rumbläst

30. Was wäre hierzu im Wörterbuch zu finden?
Erst den Mund wässrig machen und dann nichts
Richtiges zu essen.

☐ jemandem eine kleine Vorspeise versprechen
☐ jemandem richtig Appetit auf etwas machen
☐ jemandem einen Aperitif servieren

31. Was bedeutet das Idiom in diesem Kontext?
Schau dir die Vorschau an! Da läuft einem das
Wasser im Mund zusammen!

☐ jmd. bekommt großes Verlangen nach etwas
☐ jemandem immer zustimmen
☐ vorhersehen

32. Was bedeutet das Idiom in diesem Kontext?
»Du hältst dich da raus!« fuhr sie ihm über den
Mund.

☐ scharf antworten
☐ vorlaut sein
☐ das Wort abschneiden

kriegen Honig halten
geschmiert schaven
frech
aufreißen
geschenkt
zerreißen
eins aufmachen
Zunge Gaul
vors
schmieren Maul Schaum
stopfen
aufsperren

33. Was bedeutet das Idiom nicht im Kontext?
Glaub mir, über meine Lippen wird kein böses
Wort kommen!

- ☐ wird nicht lästerlich geredet
- ☐ wird davon nicht gesprochen
- ☐ wird dazu nichts gesagt

34. Was bedeutet das Idiom in diesem Kontext?
Es gibt keinen Grund, das Maul hängen zu lassen.

- ☐ frech zu reden
- ☐ enttäuscht zu sein
- ☐ grob zu werden

35. Was bedeutet das Idiom in diesem Kontext?
Hör nicht auf sie, sie hat ein böses Maul.

- ☐ redet lästerlich
- ☐ redet sehr frech
- ☐ redet sehr grob

36. Ja, der Mund.
Wofür steht er als Ankerwort eher nicht? Kommt
aber auch vor, wenn man ihn halten soll.

- ☐ für reden
- ☐ für essen
- ☐ für schweigen

37. Was bedeutet das Idiom in diesem Kontext?
Es wird als sehr vulgär deklariert.
Kannst du nicht endlich einmal die Fresse halten!
□ endlich still sein
□ schlagfertig antworten
□ beredt schweigen

38. Wie ist das zu verstehen?
Mach den Mund auf oder du wirst untergebuttert.
□ aufschneiden, prahlen
□ sich trauen, etwas zu sagen
□ zu viel versprechen, angeben

39. Was erscheint in dem Idiom leicht übertrieben?
Die werden Mund und Nase aufsperren, wenn wir ihnen die Villa zeigen.
□ Wie sollte man die Nase aufsperren?
□ Doppelt gemoppelt.
□ Nase würde genügen.

40. Wie besagt dieser Somatismus in etwa?
Wenn mir sowas in den Mund gelegt wird, schaudert mich.
□ vorgeführt wird
□ gesagt wird
□ unterstellt wird

41. Was sagt das Idiom in diesem Kontext?
Unsere Regierung hat wieder einmal den Mund zu voll genommen.

□   zu viel versprochen

□   angegeben

□   nichts gehalten

42. Was bedeutet das Idiom?
Das haben wir gern, erst das Maul aufreißen und dann nichts leisten!

□   vorlaut sein

□   prahlen und großtun

□   gähnen

43. Wie verstehst du das in diesem Kontext?
Die Nachbarn sperrten das Maul auf, als sie mit ihrem neuen Mercedes vorfuhr.

□   staunten

□   schwiegen

□   lächelten

44. Die Nase rümpfen, den Mund verziehen und mit langer Nase abziehen. Worum geht es da?

□   um einen Traum

□   ums Essen

□   um irgendwas Mieses

45. Was könnte zu diesem Idiom im Wörterbuch stehen?

Drehen Sie mir doch nicht das Wort im Munde um.

☐ jemandes Aussage ins Gegenteil verkehren
☐ jemandem Appetit, Lust auf etwas machen
☐ jemanden zum Schweigen bringen

46. Was wird mit der idiomatischen Redeweise gesagt?

Nicht jeder in unserem Land wurde mit einem goldenen Löffel im Mund geboren.

☐ So satt
☐ So reich
☐ So schön

47. Wie könnte man hier noch sagen?

Solche Ausdrücke nimmt man nicht in den Mund.

☐ verwendet man nicht
☐ schmecken schlecht
☐ lässt man sich im Mund zergehen

48. Wie könnte man hier noch sagen?
Sie führten die Freiheit ständig im Munde.

☐ Sprachen das Wort aber nicht aus.

☐ Meinten sie aber nicht.

☐ Sprachen ständig von Freiheit. (etwas zu oft)

49. Was bedeutet das Idiom in diesem Kontext?
Das Volk ließ sich eben nicht mundtot machen.

☐ zum Schweigen, Verstummen bringen

☐ still sein, nichts mehr sagen

☐ sich wichtig machen

50. Das Wort mundtot bezieht sich nicht direkt auf
den Mund.
Es hat was zu tun mit

☐ Kindermund, der die Wahrheit sagt

☐ Vormund, der für einen sprach

☐ Siegmund, der immer gewann

51. Was bedeutet das Idiom in diesem Kontext?
Als sie dann gefragt wurde, ob sie . . .,
da ging bei ihr sofort die Klappe runter.

☐ wird plötzlich unzugänglich

☐ sich wichtig machen

☐ gibt auf

52. Was bedeutet das Idiom in diesem Kontext?
Das ist ja zum Kotzen, wie der die Klappe aufreißt.
- ☐ still sein
- ☐ nichts mehr sagen
- ☐ sich wichtig machen, angeben

53. Was bedeutet dieses Idiom eher nicht?
Donnerwetter, die Chefin ist nicht auf den Mund gefallen!
- ☐ schwafeln
- ☐ schlagfertig sein
- ☐ gut reden können

54. Was bedeutet das Idiom in diesem Kontext?
Red dir den Mund nur fusselig, die machen doch alle, was sie wollen.
- ☐ unter Entbehrungen sparen
- ☐ mit Reden versuchen, jemand rumzukriegen
- ☐ sich durch unbedachtes Reden schaden

55. Was bedeutet das Idiom in diesem Kontext?
Ich bewundere Offenheit, aber bitte verbrenn dir den Mund nicht.
- ☐ sich durch unbedachtes Reden schaden
- ☐ leer ausgehen
- ☐ unter Entbehrungen sparen, sparsam leben

56. Was bedeutet das Idiom in diesem Kontext?
Fürs Studium habe ich mir jeden Bissen vom Munde abgespart.
- ☐ sehr sparsam leben
- ☐ die Einnahmen sofort wieder ausgeben
- ☐ kräftig sparen

57. Was bedeutet das Idiom in diesem Kontext?
In den Jahren nach dem Krieg lebten viele
Menschen von der Hand in den Mund.
- ☐ Einnahmen sofort wieder ausgeben müssen
- ☐ durch Weitererzählen verbreitet werden
- ☐ unter Entbehrungen sparen

58. Hier ein paar Idiome zur Lippe.
Welches ist nicht so üblich?
- ☐ Wort . . . nicht über die Lippen [...] bringt
- ☐ mit rot geschminkten [...] Lippen und . . .
- ☐ Ein feines Lächeln [...] umspielte seine Lippen.

59. Noch einige Beispiele zur Lippe.
Welches ist eigentlich kein Idiom? Eher ein Spruch.
- ☐ Rote Lippen soll man küssen.
- ☐ sagte schmallippisch
- ☐ eine dicke Lippe [zu] riskieren

60. Auch hier eines der Beispiele kein Idiom.
Welches?

☐   jeden Wunsch von den Lippen [...] ablesen

☐   gebannt an seinen Lippen [...] hängt

☐   Dabei hatte sie ein Lächeln auf den Lippen.

61. Idiome gibt es wohl in allen Sprachen.
Hier ein Beispiel aus dem Arabischen: Seine Zunge ist lang.
Was sollte es eher nicht bedeuten?

☐   Er ist schweigsam.

☐   Er ist immer frech und unhöflich.

☐   Er beschimpft oft Leute.

62. In vielen Kulturen werden Somatismen verwendet. Hier ein Beispiel aus dem Arabischen.
gezogen an seiner Zunge
Was sollte es eher nicht bedeuten?

☐   Er verrät Geheimnisse.

☐   Er leckt gern Süßes.

☐   Er sagt Sachen, die man lieber verschweigen soll.

63. Somatismen zur Zunge. Weiter arabisch.
ihm ist seine Zunge gebunden
Was bedeutet das eher nicht?
- ☐   Er schwallt gern.
- ☐   Was er sagt, wird er auch tun.
- ☐   Was er verspricht, muss er halten.

64. Lassen wir die Zunge nochmal
Arabisch sprechen. Was heißt das eher nicht?
Keiner entkommt ihrer Zunge.
- ☐   Sie kritisiert alles
- ☐   Sie verletzt jeden.
- ☐   Sie ist so süß!

65. Weiter mit der Zunge: arabisch übersetzt.
Seine Zunge ist wie Honig:
Ja, was sagt das eher nicht?
- ☐   Er ist wie eine Biene.
- ☐   Er ist immer nett.
- ☐   Er spricht höflich.

66. Oft werden Idiome vermischt oder vermusselt.
Welches würde besser passen?
Das hängt mir nun wirklich zur Nase raus.
- ☐ wohl die Hölle heiß machen
- ☐ das hängt mir zum Hals heraus
- ☐ ich habe die Nase voll

67. Das ist ja leicht windschief. Was wär besser?
Da hab ich nun wirklich den Mund voll.
- ☐ das hängt mir zum Hals heraus
- ☐ ich habe die Nase voll
- ☐ habe ich die Schnauze voll

68. Noch ein Versuch! Was funkt hier nicht rein?
Das hängt mir nun wirklich zur Nase raus.
- ☐ wieder eine Laus über die Leber gelaufen
- ☐ das hängt mir zum Hals heraus
- ☐ ich habe wirklich die Nase voll

69. Oft werden Idiome windschief vermischt.
Was funkt hier rein?
Wir sollten uns einen hinter die Gurgel gießen?
- ☐ die Gurgel anfeuchten
- ☐ einen hinter die Binde gießen
- ☐ noch einen heben

6. Mit Haut und Haar

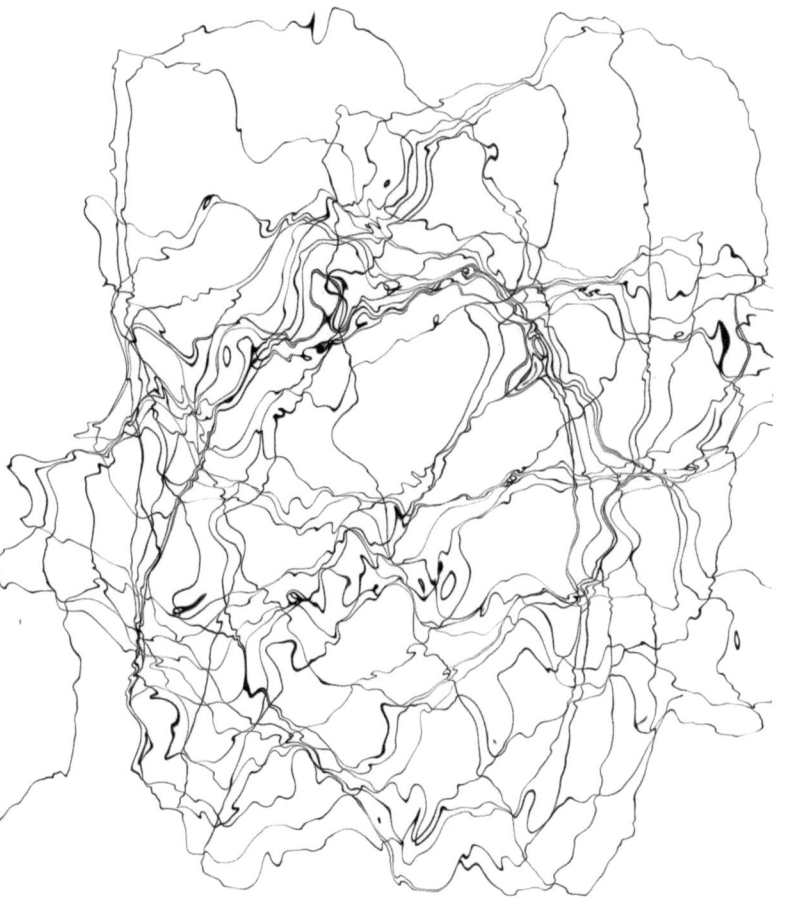

1. Die korrekte Form des Idioms bitte.
Schmiert euch das Geld doch in die Haare! Wir
sind nicht käuflich!

☐   sich etwas in die Haare schmieren
☐   Geld in die Haare schmieren
☐   bei den Haaren herbeiziehen

2. Welches Haut-Idioms passt hier nur?
Ich werde mich meiner Haut zu wehren wissen.

☐   sich auf die faule Haut legen
☐   sich seiner Haut wehren
☐   sich in seiner Haut nicht wohl fühlen

3. Was wäre die korrekte Form des Idioms hier?
Wenn du willst, findest du immer ein Haar in der
Suppe.

☐   ein Haar in der Suppe finden
☐   ein Haar irgendwo finden
☐   Haare in der Suppe entdecken

4. Was wäre keine korrekte Form des Idioms?
Dieser Vergleich ist doch an den Haaren
herbeigezogen.

☐   etwas an den Haaren herbeiziehen
☐   etwas bei den Haaren herbeiziehen
☐   etwas mit den Haaren herbeiziehen

5. Was wäre die korrekte Form des Idioms?
Die neue Chefin hat Haare auf den Zähnen.

☐   Haare auf den Zähnen haben
☐   Haare lassen
☐   die Haare vom Kopf fressen

6. Wähle die korrekte Form des Idioms?
Die Eigentümer haben über die Jahre Haare lassen müssen.

☐   die Haare gelassen
☐   Haare lassen müssen
☐   Haare gelassen

7. Wähle die passende Form des Idioms?
Unsere erwachsenen Söhne fressen uns die Haare vom Kopf.

☐   die Haare vom Kopf fressen
☐   die Haare gehen aus
☐   uns kein Haar krümmen

8. Was wäre die korrekte Form des Idioms?
Mir standen die Haare zu Berge, als ich den Verletzten erkannte.

☐   sträuben sich die Haare
☐   krauses Haar, krauser Sinn
☐   stehen die Haare zu Berge

9. Was wäre die korrekte Form des Idioms?
Der Kritiker ließ kein gutes Haar an dem Werk.

☐ kein gutes Haar an etwas lassen
☐ gute Haare lassen
☐ ein gutes Haar an etwas lassen

10. Welches Idiom klingt im Beispiel nicht an?
Unsere Tochter geht nun doch außer Haus. Ja, krauses Haar, krauser Sinn.

☐ lange Haare, kurzer Verstand
☐ nicht ein Haar gelassen
☐ krauses Haar, krauser Sinn

11. Was wäre die korrekte Form des Idioms?
Frauenfeindlich hieß es lange: Lange Haare, kurzer Verstand!

☐ lange Haare, kurzer Verstand
☐ keine Haare, kein Verstand
☐ graue Haare nicht wachsen lassen

12. Was wäre die falsche Form des Idioms?
Sie gab nicht um ein Haar nach.

☐ nicht um ein Haar
☐ um kein Haar
☐ nicht um kein Haar

13. Schneide den korrekten Somatismus aus.
Ihr werdet euch die Haare raufen, wenn das rauskommt.
- ☐   sich die Haare raufen
- ☐   sich in den Haaren liegen
- ☐   die Haare ausraufen

14. Die korrekte Form des Idioms im Infinitiv bitte.
Die beiden Frauen liegen sich schon seit langem in den Haaren.
- ☐   sich in die Haare kriegen
- ☐   sich in den Haaren liegen
- ☐   sich in die Haare geraten

15. Wie lautet die korrekte Form des Idioms?
Es ist zum aus der Haut fahren!
- ☐   aus der Haut fahren
- ☐   unter die Haut gehen
- ☐   aus der Haut kommen

16. Die verallgemeinerte Form des Idioms?
Den beiden war nicht wohl in ihrer Haut.
- ☐   wohl in seiner Haut
- ☐   nicht wohl in deiner Haut
- ☐   nicht wohl in der eigenen Haut

17. Eine gute Wörterbuchfassung des Idioms?
Das Flüchtlingsdrama ging allen unter die Haut.
- ☐ jemandem unter die Haut gehen
- ☐ jemandem unter die Haut dringen
- ☐ jemandem unter die Haut passen

18. Die unpassende Form des Idioms hier?
Sie hat sich mit Haut und Haar der Soziologie
verschrieben.
- ☐ mit heilen Haaren davonkommen
- ☐ mit Haut und Haaren
- ☐ mit Haut und Haar

19. Und wieder so ein Haut-Somatismus?
Seid froh, dass ihr mit heiler Haut davongekommen seid!.
- ☐ mit heiler Haut davonkommen
- ☐ in heiler Haut stecken
- ☐ in unserer Haut geblieben sind

20. Was wäre die verallgemeinerte und etwas
angereicherte Form des Idioms?
Na, ich möchte da nicht in ihrer Haut stecken.
- ☐ in fremder Haut stecken
- ☐ in einer Haut stecken
- ☐ nicht in fremder Haut stecken

21. Was wäre eine weniger gute Formulierung des Idioms?
Er war nach der Gefangenschaft nur noch Haut und Knochen.

☐   nichts als Haut weder Knochen
☐   nichts als Haut und Knochen
☐   nur noch Haut und Knochen sein

22. Die korrekte Form des Idioms? Hier ist sie etwas übertrieben aufgebessert.
Nach dem Erdrutsch dachten alle nur noch daran, ihre Haut zu retten.

☐   auf der faulen Haut liegen
☐   seine [eigene] Haut retten
☐   seine Haut so teuer wie möglich verkaufen

23. Was wäre die korrekte Form des Idioms?
Kennst du auch die Ausreißer?
Die Mannschaft soll versuchen, ihre Haut so teuer wie möglich zu verkaufen.

☐   seine Haut so teuer wie möglich verkaufen
☐   seine Haut verkaufen
☐   sollte besser verhandeln

24. Was wäre die korrekte Form des Idioms?
Die andern gibt es natürlich auch.
Der frisst sich hier durch und legt sich auf die faule Haut.

- ☐ auf der faulen Haut liegen
- ☐ sich in seiner Haut wohl fühlen
- ☐ sich auf die faule Haut legen

25. Was wäre die korrekte Form des Idioms?
Achte genau auf den Beispielsatz.
Wir können uns den Neuwagen nicht aus den die Rippen schwitzen.

- ☐ sich etwas nicht aus den Rippen schwitzen können
- ☐ sich etwas aus den Rippen schwitzen können
- ☐ sich etwas nicht aus den Rippen schwitzen

26. Was wäre die korrekte Form des Idioms?
Man sah ihr sogleich an, dass sie sich in ihrer Haut nicht wohl fühlte.

- ☐ sich seiner Haut wehren
- ☐ sich in seiner Haut nicht wohl fühlen
- ☐ sich in seiner Haut wohl fühlen

27. Bei einem Schock hat man schon mal das Gefühl, die Haare würden sich aufrichten. Welcher Somatismus passt dazu eher nicht?

☐ sich in die Haare kriegen

☐ mir stehen die Haare zu Berge

☐ ihr sträuben sich die Haare

28. Den beiden war beim Abstieg nicht wohl in ihrer Haut.
Wie könnte man in Kurzform die Bedeutung angeben? Etwas allgemeiner als im Beispiel.

☐ fühlten sich behaglich

☐ sich nicht behaglich fühlen

☐ sich ziemlich unwohl fühlen

29. Dem geht nichts unter die Haut!
Wie könnte man die Bedeutung angeben?

☐ rührt nichts

☐ ist innerlich aufgewühlt

☐ bleibt unverletzt

schlüpfen faul unter Haut
glatt heil
Körper
nackt dick
blass
zart Haar verbrennen
dünn retten
ehrlich unrein

30. Er widmet sich mit Haut und Haaren der Reli.
Was wäre kein Stichwort für die Bedeutung?

☐ vollständig

☐ ungestraft

☐ ganz

31. Wir können froh sein, dass wir mit heiler Haut
davongekommen sind.
Wie ist die Bedeutung eher nicht anzusetzen?

☐ gesund geworden

☐ etwas unverletzt überstehen

☐ etwas ungestraft überstehen

32. Diesem Idiom liegt eine ganz konkrete
Esssituation mit Suppe zugrunde und ein Pfui!
Welches könnte es sein?

☐ sich die Haare raufen

☐ mit Haut und Haaren

☐ ein Haar in der Suppe finden

33. Geld unterschlagen? Ich möchte da nicht in
ihrer Haut stecken.
Wie wäre das eher nicht zu verstehen?

☐ völlig abgemagert sein

☐ nicht an ihrer Stelle sein mögen

☐ nicht in der Lage sein wollen

34. Aus der Gefangenschaft zurück war er nur noch Haut und Knochen.
Wie könnte man die Bedeutung angeben?
- □ seine Haut gerettet
- □ völlig abgemagert sein
- □ sich selbst gerettet

35. Bei Menschen, die viel durchmachen, würde sich das an den Haaren zeigen.
Das sollte man eher vermeiden und
- □ sich keine grauen Haare wachsen lassen
- □ sich die Haare einzeln ausreißen
- □ sich die Haare färben

36. Wer will, findet immer ein Haar in der Suppe.
Wie wäre die Bedeutung ganz falsch verstanden?
- □ etwas an einer Sache aussetzen
- □ etwas zu kritisieren haben
- □ etwas anführen, was nicht zur Sache gehört

37. Dieser Vergleich ist doch an den Haaren herbeigezogen.
Wie könnte man die Bedeutung angeben?
- □ passt nicht im entferntesten
- □ gehört nicht zur Sache
- □ ist eher eklig

38. Die neue Kollegin hat ja Haare auf den Zähnen.
Was wäre die eher nicht?
☐   schroff und rechthaberisch
☐   eloquent
☐   bissig und bösartig

39. Frieder hat ganz schön Haare lassen müssen.
Wie könnte man die Bedeutung angeben?
☐   nicht ohne Schaden davonkommen
☐   Nachteile in Kauf genommen
☐   niemandem etwas zuleide tun können

40. Die hatten so viele Kinder, die haben ihnen die
Haare vom Kopf gefressen.
Wie könntest du die Bedeutung hier angeben?
☐   leben auf unsere Kosten
☐   tun niemandem etwas zuleide
☐   machten sie arm

41. Die Entführer hatten keinem Passagier ein Haar
gekrümmt.
Und wieder die Bedeutung.
☐   niemandem etwas zuleide getan
☐   keinen erschreckt
☐   alles zugelassen

42. Ihm standen die Haare zu Berge, als er das sah.
Wie könnte man die Bedeutung angeben?

- ☐ müsste zum Frisör
- ☐ war entsetzt
- ☐ war hin- und hergerissen

43. Sämtliche Rezensenten ließen kein gutes Haar an dem Buch.
Wie ist das eher nicht zu verstehen?

- ☐ wohlwollend behandelt
- ☐ schlechtgemacht
- ☐ völlig verreißen

44. Unser Jüngster macht jetzt Judo: Krauses Haar, krauser Sinn.
Wie könnte man die Bedeutung angeben?

- ☐ nicht störrisch, eher handsame
- ☐ jugendlich
- ☐ wer krauses Haar hat, ist sehr eigenwillig

45. Was kannst du von der anderes erwarten?
Lange Haare, kurzer Verstand!
Von wem wäre da eher nicht die Rede?

- ☐ von alten Glatzköpfen
- ☐ von Frauen
- ☐ von Hippies

46. Im Kampf kriegt man schon einiges ab.
Wer sich darauf einlässt, kann schon mal
☐ Streit miteinander haben
☐ seine Haut zu Markte tragen
☐ völlig verzweifelt sein

47. Sie werden sich die Haare raufen, wenn sie
bemerken, welchen Fehler sie gemacht haben.
Wie könnte man die Bedeutung angeben?
☐ völlig verzweifelt sein
☐ Streit miteinander haben
☐ in Streit geraten

48. Es soll vorkommen, dass Menschen sich über
Jahre in den Haaren liegen.
Wie könnte man die Bedeutung angeben?
☐ in Streit geraten
☐ mit ihren Frisuren konkurrieren
☐ Streit miteinander haben

49. Ich habe mich mit ihm wegen der
Mietpreiserhöhung in die Haare gekriegt.
Wie könnte man die Bedeutung angeben?
☐ in Streit geraten
☐ einen Kompromiss suchen
☐ unnütze Sorgen machen

50. Der Wahlsieg der Linkspartei hing an einem Haar.
Wie könnte man die Bedeutung angeben?
- ☐ entsprach den Umfragen
- ☐ sehr gefährdet sein
- ☐ ganz genau

51. Für Unbedarfte stimmen Original und Kopie aufs Haar überein.
Wie könnte man die Bedeutung angeben?
- ☐ ganz genau
- ☐ überhaupt nicht
- ☐ ziemlich eng

52. Das kannst du dir in die Haare schmieren!
Wie könnte man die Bedeutung angeben?
- ☐ im Kopf abspeichern
- ☐ jemanden abschminken
- ☐ lege überhaupt keinen Wert drauf

53. Wegen dieser Kleinigkeit solltest du dir keine grauen Haare wachsen lassen.
Im Normalfall wachsen sie doch selber. Und hier?
Wie könnte man die Bedeutung angeben?
☐   sich keine unnützen Sorgen machen
☐   sich in Gefahr begeben
☐   sie wieder besorgen

54. Um ein Haar wäre die Behinderte überfahren worden.
Was passt als Bedeutung eher nicht?
☐   sie hatte eine Glatze
☐   fast, beinahe
☐   knapp vorbei

55. Doch seine Haut zu Markte tragen für eine Handvoll Geld?
Wie könnte man die Bedeutung angeben?
☐   Risiko eingehen und scheitern
☐   sich nicht in Gefahr begeben
☐   sich verkaufen

56. Es ist, um aus der Haut zu fahren.
Ist es dir schon mal passiert? Und du lebst noch?
Wie wäre die Bedeutung exakt anzugeben?
☐   richtig wütend werden
☐   krank werden
☐   richtig wütend werden und es auch zeigen

57. Versuch nur, deine Haut so teuer wie möglich
zu verkaufen.
Wie könnte man die Bedeutung angeben?
☐   sich mit allen Kräften wehren
☐   allen Mitteln wehren
☐   etwas nicht schaffen können

58. Wird es handgreiflich, geht es auch schon mal
um die Haare. Was wird man da eher nicht?
☐   sich in die Haare geraten
☐   kein Haar lassen
☐   sich in die Haare kriegen

59. Er konnte sich die Limousine schließlich nicht
aus den Rippen schwitzen.
Wie könnte man den Somatismus erklären?
☐   konnte das Geld nicht aufbringen
☐   ging im Winter nicht
☐   musste es von der Bank holen

60. Man sah ihr an, dass ihr das Ganze tief unter Haut ging.
Wie könnte man die Bedeutung angeben?
- ☐ sah sehr bekümmert aus
- ☐ sie blickte wenig zufrieden
- ☐ fühlte sich unbehaglich

61. Ich werde mich beizeiten schon meiner Haut wehren.
Wie sollte man das lieber nicht verstehen?
- ☐ nichts tun
- ☐ sich verteidigen
- ☐ sich energisch zur Wehr setzen

Elegant und wunderbar
Bewegt sie sich in steter Gefahr.
Sie dient nicht nur zum Lutschen,
Kann auch mal ausrutschen.

7. Vorn und hinten

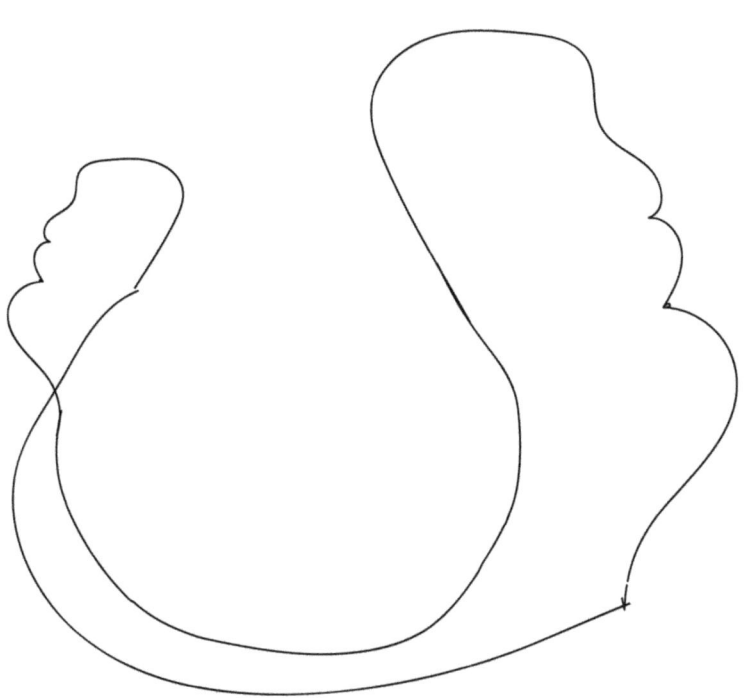

1. Wie lautet der Somatismus?
Als ich das Ergebnis sah, lief mir eine Gänsehaut über den Rücken.

- □ ihr läuft eine Gänsehaut über den Rücken
- □ bekam sie einen steifen Rücken
- □ bekam sie die Gänsehaut

2. Wie lautet der Somatismus fast immer?
Vor allem die Familie versuchte immer wieder, ihm das Rückgrat zu stärken.

- □ das Rückgrat strecken
- □ jemandem das Rückgrat stärken
- □ das Rückgrat steifen

3. Wie lautet der Somatismus eigentlich nicht?
Er wird oft als umgangssprachlich deklariert.
Bitte hör auf, mir ein Loch in den Bauch zu fragen!

- □ jemandem ein Loch in den Bauch reden
- □ jemandem ein Loch in den Bauch fragen
- □ jemandem Löcher in den Bauch reden

4. Wie lautet der Somatismus? Was wäre die schärfere Version?
Der Feigling fühlt sich noch wohl dabei, wenn er vor dem Chef auf dem Bauch rutschen darf!

- ☐   vor jemandem auf dem Bauch liegen
- ☐   vor jemandem auf dem Bauch rutschen
- ☐   vor jemandem auf dem Bauch kriechen

5. Wie wird der Somatismus bewertet?
Der Feigling fühlt sich noch wohl dabei, wenn er vor dem Chef auf dem Bauch rutschen darf!

- ☐   als abwertend gedacht
- ☐   als aufwertend gedacht
- ☐   als freundlich gedacht

6. Wie lautet der Somatismus, der was mit hinten zu tun hat, in einer anderen Version?
Halt die Klappe, sonst kriegst du die Hucke voll.

- ☐   den Buckel voll haben
- ☐   den Buckel voll kriegen
- ☐   den Buckel voll bekommen

7. Dies ist eigentlich kein Somatismus und kein Idiom? Welche Formel ist gemeint?
Jeder in der Siedlung betrachtete seinen eigenen kleinen Garten als den Nabel der Welt.
☐ der Nabel der Welt
☐ sein eigener Garten
☐ Garten in der Siedlung

8. Wie lautet der Somatismus in diesem Textstück? Ziemlich salopp, würde ich sagen.
Soll ich mir das Geld aus den Rippen schwitzen?
☐ sich etwas aus den Rippen schneiden
☐ sich etwas nicht aus dem Rücken schneiden
☐ sich etwas aus den Rippen schwitzen

9. Wie lautet der Somatismus hier?
Er konnte nie einen krummen Rücken zu machen.
☐ einen krummen Rücken machen
☐ sich den Rücken krumm machen (veraltet?)
☐ sich krumm ärgern

10. Der Somatismus in Wörterbuchmanier?
Ich bin mit meinem Projekt auf den Bauch gefallen.
☐ sich die Beine in den Bauch stehen
☐ [mit etwas] auf den Bauch fallen
☐ einen dicken Bauch haben

11. Der Somatismus klingt etwas despektierlich.
Pünktlich zu Weihnachten hatte seine Frau schon
wieder einen dicken Bauch.
- ☐ einen dicken Bauch haben
- ☐ einen dicken Bauch bekommen
- ☐ einen dicken Bauch machen

12. Wie lautet der Somatismus?
Drei Stunden habe ich mir nach den Eintrittskarten
die Beine in den Bauch gestanden.
- ☐ sich die Beine in den Leib stehen
- ☐ auf beiden Beinen stehen
- ☐ sich die Beine in den Bauch stehen

13. Hier ist einer in Wörterbuchform.
Mit so einem Zeugnis kommst du bei mir nicht
durch. Du gehörst mal zur Brust genommen.
- ☐ sich jemanden zur Brust nehmen
- ☐ sich etwas zur Brust nehmen
- ☐ sich einen hinter die Brust gießen

14. Wähle den richtigen Somatismus aus.
Er konnte nicht mehr unter Tage arbeiten, weil er
es auf der Brust hatte.
- ☐ auf die Brust bekommen
- ☐ es auf der Brust haben
- ☐ Flecken auf der Brust haben

15. Wie lautet der Somatismus?
Mit geschwellter Brust gab der Sieger
eine Lokalrunde nach der anderen aus.
- ☐ mit geschwellter Brust
- ☐ mit geschwollener Brust
- ☐ sich an die Brust schlagen

16. Wie lautet der Somatismus?
Oma war schwach auf der Brust und kränkelte oft.
- ☐ es auf der Brust haben
- ☐ sich an die Brust schlagen
- ☐ schwach auf der Brust sein

17. Welchen Somatismus findest du im Beispiel?
Erst nach der Tat schlug sie sich an die Brust.
- ☐ sich an die Brust schlagen
- ☐ sich in die Brust werfen
- ☐ sich an die Brust greifen

18. Wie lautet der Somatismus? Wähle hier mal
eine gängigere Variante.
Ihr braucht euch nicht in die Brust zu schmeißen,
so gut habt ihr gar nicht gespielt.
- ☐ es auf der Brust haben
- ☐ sich an die Brust schlagen
- ☐ sich in die Brust werfen

19. Bei den meisten Idiomen gibt es Varianten.
Wie lautet der Somatismus nicht?
Wenn man schon den Buckel voll Schulden hat,
sollte einiges besser lassen.
- ☐ den Rücken voll Schulden haben
- ☐ den Buckel voll Schulden haben
- ☐ den Buckel voller Schulden haben

20. Wie lautet der Somatismus?
Auf mir hacken sie rum. Ich hab einen breiten
Buckel.
- ☐ genug auf dem Buckel haben
- ☐ rutsch mir den Buckel runter!
- ☐ einen breiten Buckel haben

21. Der Somatismus in der Form im Beispiel bitte.
Wir können die Auswertung nicht übernehmen.
Wir haben genug auf dem Buckel.
- ☐ genug auf dem Buckel haben
- ☐ es auf dem Buckel haben
- ☐ viel auf dem Buckel haben

22. Wie die Formel. Eigentlich kein Idiom.
Da wurde noch am Busen der Natur geschlafen.
- ☐ den Rücken frei haben
- ☐ am Busen der Natur
- ☐ in freier Natur

23. Wie lautet der Somatismus?
Du hast ja nichts auf den Rippen. Lass dich bissl aufpäppeln.

- ☐ nichts auf den Rippen haben
- ☐ den Rücken frei haben
- ☐ nichts auf dem Rücken haben

24. Wie lautet der Somatismus hier? Varianten ansehen, aber nicht wählen.
Erst wenn ich den Rücken frei hab, kann ich mich weiter engagieren.

- ☐ den Rücken frei halten
- ☐ den Rücken frei bekommen
- ☐ den Rücken frei haben

25. Wie lautet der Somatismus?
Alles wird doch letztlich auf dem Rücken der Armen ausgetragen.

- ☐ etwas auf jemandes Rücken austragen
- ☐ hinter jemandes Rücken
- ☐ jemandem in den Rücken fallen

Messer Pistole
gesetzt raus
klopfen link
Hals Rücken Bauch
Arme breit
Stich drücken

Seele voller
nackt Brust weiblich stolz
heften

26. Wie lautet der Somatismus?
Die Verantwortlichen haben der Bürgerinitiative nicht gerade den Rücken gestärkt.
☐ jemandem den Rücken strammen
☐ jemandem den Rücken stärken
☐ jemandem den Rücken steifen

27. Wie lautet der Somatismus?
Am meisten schmerzt mich, dass die eigene Familie mir in den Rücken gefallen ist.
☐ jemandem in den Rücken fallen
☐ jemandem den Rücken zukehren
☐ jemandem den Rücken stärken

28. Den kann man sprachlich gefährlich sehen.
Hiermit versprech ich hoch und heilig, dem Alkohol den Rücken zuzuwenden.
☐ jemandem den Rücken zukehren
☐ den Rücken wenden
☐ einer Sache den Rücken zuwenden

29. Wie lautet der Somatismus?
Bei dieser heiklen Frage, läuft es mir heiß und kalt über den Rücken.
☐ jmdm. läuft es heiß und kalt über den Rücken
☐ jemanden überläuft es heiß und kalt
☐ jemanden überläuft es kalt und heiß

30. Wie wird der Somatismus nicht lauten?
Viele Baufirmen standen in der Rezession mit dem Rücken an der Wand.

- ☐ mit dem Rücken zur Wand stehen
- ☐ zurückstehen
- ☐ mit dem Rücken an der Wand stehen

31. Wie lautet der Somatismus?
Wähle die ausführlichere, aber verengte Version.
Als meine Frau mich verlassen hat, hat es mir fast das Rückgrat gebrochen.

- ☐ es bricht jemandem das Rückgrat
- ☐ jemandem das Rückgrat brechen
- ☐ Rückgrat haben

32. Wie lautet der Somatismus?
Es gehört schon einiges dazu, in diesen Zeiten Rückgrat zu zeigen.

☐   Rückgrat haben

☐   das Rückgrat brechen

☐   Rückgrat zeigen

33. Wähle den schärferen, auch wenn der nicht im Text steht.
Die gesamten Vorbereitungen der Reise ruhten auf meinen Schultern.

☐   auf jemandes Schultern lasten

☐   auf jemandes Schultern ruhen

☐   Schulter an Schulter ruhen

34. Hier noch etwas von hinten. Wie lautet der Somatismus?
Sein ganzes Leben lang ward er von der Familie seines Mannes über die Schulter angesehen.

☐   über die linke Schulter ansehen

☐   jemanden über die Schulter ansehen

☐   auf jemandes Schultern ruhen

35. Wie lautet der Somatismus? Oder doch kein richtiger? Eher eine stehende Formel.
Wir werden Schulter an Schulter dafür kämpfen, dass diese Windmühlen nicht aufgestellt werden!
- ☐ Schulter an Schulter
- ☐ Kopf an Schulter
- ☐ Rücken an Rücken

36. Nahe am Windschiefen.
Welches wär der gute Kandidat?
- ☐ jemandem ein Loch in den Bauch fragen
- ☐ jemandem Löcher in den Bauch reden
- ☐ jemandem ein Loch in den Bauch reden

37. Da bleibt kein Auge trocken. Was könnte man hier einsetzen mit ähnlicher Bedeutung?
sich den Buckel voll_____
sich den Bauch halten vor _____
- ☐ lachen
- ☐ weinen
- ☐ staunen

38. Wenn man traurig ist, lässt man in Somatismen allerhand hängen. Was eher nicht?

☐ Ohren

☐ Lippen

☐ Schultern

39. Was könnte der hier eher nicht bedeuten?
Er fiel fast auf den Rücken, als er die Rechnung sah.

☐ ohne Vorbereitung

☐ sehr erschrecken

☐ entsetzt sein

40. Das Maul verbrennen, ein Loch in den Bauch und den Mund fusselig.
Worum geht es da?

☐ ums Lachen

☐ ums Leiden

☐ ums Reden

41. Was könnte der Somatismus bedeuten?
Wieviel wir genau umgesetzt haben, kann ich so aus dem hohlen Bauch nicht sagen.

☐ ohne Vorbereitung, ohne Unterlagen

☐ muss erst was trinken.

☐ pausenlos Fragen stellen

42. Was könnte der Somatismus bedeuten?
Meine Tochter ist jetzt in dem Alter, in dem Kinder
einem ein Loch in den Bauch fragen.
- ☐ nicht genug kriegen können
- ☐ pausenlos Fragen stellen
- ☐ neugierig sind

43. Was könnte der Somatismus bedeuten?
Ich bin mit meinem Projekt auf den Bauch gefallen.
- ☐ gescheitert
- ☐ viel Erfolg gehabt
- ☐ schwach geworden

44. Was könnte der Somatismus bedeuten?
Jedes Jahr zu Weihnachten hatte seine Frau schon
wieder einen dicken Bauch.
- ☐ zu viel gegessen
- ☐ wenig nachtrainiert
- ☐ schwanger sein

45. Was könnte dieser eher nicht besagen?
Ja, ich will über Ihr Angebot nachdenken, aber ich
lasse mir nicht die Pistole auf die Brust setzen.
- ☐ schlag sie aus der Hand
- ☐ lasse mich nicht zwingen
- ☐ lasse mich nicht unter Druck setzen

46. Was könnte der Somatismus bedeuten?
Mit geschwellter Brust präsentierte sich der Winner.

☐   war leicht betrunken
☐   voll Stolz
☐   mit wenig Geld

47. Was könnte der Somatismus bedeuten?
Wenn man schon den Buckel voll Schulden hat, sollte man eben sparen.

☐   sehr verschuldet sein
☐   viele Aufgaben zu erledigen haben
☐   es schwer haben

48. Was könnte der Somatismus bedeuten?
Auf mir herumhacken? Das stört mich nicht, ich habe einen breiten Buckel.

☐   habe viele Aufgaben zu erledigen
☐   bleib mir gestohlen!
☐   kann viel Kritik vertragen

49. Was könnte der Somatismus bedeuten?
Es war damals wunderbar, am Busen der Natur zu schlafen.
☐ in der freien Natur
☐ bisschen Sex gehabt
☐ nicht schlafen können

50. Was könnte der Somatismus bedeuten?
Du hast ja nichts auf den Rippen. Greif richtig zu!
☐ hat viel zu leiden
☐ sehr dünn sein
☐ unbelastet sein

51. Was könnte der Somatismus bedeuten?
Die sozialen Probleme wurden wieder einmal auf dem Rücken der Armen ausgetragen.
☐ jemanden unter etwas leiden lassen
☐ es unerträglich machen
☐ jemandem Unterstützung versagen

52. Was könnte der Somatismus bedeuten?
Wer wird schon den Bürgerinitiativen den Rücken stärken.
☐ allein gelassen
☐ sich von jemandem abwenden
☐ jemandem Mut machen

53. Wie könnte der Somatismus hier zu verstehen sein?
Hoch und heilig habe ich versprochen, dem Alkohol den Rücken zu wenden.
☐   sich von etwas abwenden
☐   sich von jemand abwenden
☐   sich wegducken

54. Was könnte der Somatismus bedeuten?
Bei dieser heiklen Frage lief es mir heiß und kalt über den Rücken.
☐   kann sich nicht mehr stützen
☐   jemanden schaudert
☐   er ist selbst betroffen

55. Was könnte der Somatismus bedeuten?
Er hat einflussreiche Leute im Rücken.
☐   sich auf jemanden stützen können
☐   Gefahr droht ihm von hinten
☐   operiert mit dem Rücken zur Wand

56. Was besagt dieser Somatismus bestimmt nicht?

Viele Firmen standen in der Corona-Krise mit dem Rücken an der Wand.

☐　waren in sehr großer Bedrängnis

☐　waren demoralisiert

☐　konnten sich an der Wand absichern

57. Was könnte der Somatismus bedeuten?

Mit diesem schlauen Vertrag will die Firma sich den Rücken freihalten.

☐　sich absichern

☐　sich Vorteile verschaffen

☐　das Problem lösen

58. Was hat es mit dem Rückgrat auf sich. Wozu dient es?

Was könnte der Somatismus eher nicht bedeuten?

Dass sein Partner ihn verlassen hat, hat ihm das Rückgrat gebrochen.

☐　hat ihn unglücklich gemacht

☐　hat seinen Charakter gestärkt

☐　hat ihn demoralisiert

59. Was könnte der Somatismus bedeuten?
Es gehört schon einiges dazu, in diesen Zeiten
Rückgrat zu zeigen.

☐   charakterfest sein
☐   zwei Parteien gleichzeitig gerecht werden
☐   verantwortungsvoll bleiben

60. Was könnte der Somatismus bedeuten?
Mein Leben lang bin ich von denen über die
Schulter angesehen worden.

☐   jemanden demoralisieren
☐   ignoriert worden
☐   auf jemanden herabsehen

61. Was könnte der Somatismus bedeuten?
Mit der Kinderbetreuung haben wir uns eine Rute
auf den Rücken gebunden.
Worauf geht das eher nicht zurück?

☐   Wir haben uns zu Sadomasos gemacht
☐   Leibeigene wurden gezüchtigt
☐   Fronarbeiter wurden mit Ruten gezüchtigt

62. Was denkt man sich bei diesem Somatismus?
Die sprichwörtliche Redensart gibts auch in lateinischer Form (»plenus venter non studet libenter«)
»Ein voller Bauch studiert nicht gern« sagt:

☐ ein satter Mensch braucht eben Ruhe

☐ ein satter Mensch ist träge und denkfaul

☐ ein satter Mensch hat arbeiten nicht nötig

63. Der Somatismus geht auf eine Fabel des Äsop
zurück, in der ein Bauer eine Schlange unter seinem Hemd wärmt und dann von ihr gebissen wird.
Er heißt: eine Schlange am Busen nähren
Was könnte der Somatismus bedeuten?

☐ jemanden pflegen, der einem später Schaden
zufügt

☐ jemandem Gutes erweisen

☐ jemanden in seine Obhut nehmen, der einen
ausnützt

64. Was könnte der Somatismus bedeuten?
Er war ein schleimiger Typ, der, wenn die Chefin
das Büro betrat, einen krummen Buckel machte.

☐ schleimen

☐ sich verbeugte

☐ sich unterwürfig zeigen

65. Was könnte der Somatismus bedeuten?
Vater hatte eine Mordswut im Bauch und Mutter
fühlte sich unverstanden.
- ☐ äußerst wütend sein
- ☐ hatte einen Schmerbauch
- ☐ war zornig

66. Kennst du den Somatismus? Wie heißt er?
Er geht von der Vorstellung aus, dass man sein
Alter, seine Probleme wie eine Last auf dem
Rücken trägt.
- ☐ einen krummen Buckel haben
- ☐ etwas auf dem Buckel haben
- ☐ etwas hinter sich gebracht haben

67. Wie könnte der Somatismus heißen?
Die Herkunft ist nicht sicher geklärt.
Vielleicht eine Lehnübersetzung von
»show somebody the cold shoulder«.
Was passt da eher nicht?
- ☐ jemanden auf der kalten Schulter erwischen
- ☐ jemandem die kalte Schulter zeigen
- ☐ jemandem den Rücken zuwenden

68. Was könnte der Somatismus bedeuten?
Die Wendung geht vom Zutrinken aus, bei dem
man das Glas in Brusthöhe hält.

☐   einen hinter die Binde gießen
☐   ein Glas an die Brust führen
☐   einen zur Brust nehmen

69. Dieser Somatismus ist leicht zu finden.
Es ist eine andere (bessere?) Form von:
etwas auf die leichte Achsel nehmen

☐   etwas auf die leichte Schulter nehmen
☐   etwas nicht ernst nehmen
☐   etwas leicht schultern

8. Und unten rum

1. Wie lautet der Somatismus?
Dieser Transuse muss man erst kräftig in den Hintern treten, damit sie sich mal zu irgendwas aufrafft.

- ☐   jemandem in den Hintern treten
- ☐   jemanden in den Hintern treten
- ☐   jemand in den Hintern treten

2. Wie lautet der Somatismus?
Du bist noch zu jung, um die Hände in den Schoß zu legen.

- ☐   die Hand im Schoß halten
- ☐   die Hände in den Schoß legen
- ☐   die Hand in den Schoß legen

3. Dieser Somatismus scheint sehr gesucht und hat diverse Varianten. Welche hier?
Wenn die Vase so viel wert war, beiß ich mir ein Monogramm in den Arsch.

- ☐   ein Monogramm in den Arsch beißen
- ☐   ein Monogramm in den Bauch beißen
- ☐   ein Monogramm in den Hintern beißen

4. Die diversen Varianten werden stilistisch
bewertet. Was wäre das gängigste?
Wenn die Vase so viel wert war, beiß ich mir ein
Monogramm in den Arsch.

☐   umgangssprachlich

☐   poetisch

☐   vulgär

5. Wie lautet der Somatismus?
Nimm ruhig die vulgäre Version.
Als er noch zur See fuhr, hatte er auch schon mal
dicke Eier, wenn er nach Hause kam.

☐   dicke Eier haben

☐   den Schwanz einziehen

☐   Lust verspüren

6. Wie lautet der Somatismus?
Bitte die Version hier.
Als es dann wirklich darauf ankam, kniffen die
meisten sofort den Schwanz ein.

☐   schwänzeln

☐   den Schwanz einkneifen

☐   den Schwanz einziehen

7. Wie lautet der Somatismus?
Bitte wörterbuchmäßig.
Bald musste er feststellen, dass er die beiden
immer noch auf den Fersen hatte.
☐   jemanden auf den Fersen haben
☐   zwei auf den Fersen haben
☐   auf den Fersen haben

8. Wie lautet der Somatismus?
Auch hier wieder unterstes Register.
Bei den Damen dieses Etablissements hat sich
schon mancher den Schwanz verbrannt.
☐   den Schwanz einziehen
☐   den Schwanz anbrennen
☐   sich den Schwanz verbrennen

9. Wie lautet der Somatismus?
Wir bleiben auf Niveau.
Deine Geschenke kannst du dir in den Arsch
stecken!
☐   sich etwas in den Arsch stecken können
☐   sich etwas in den Arsch stecken
☐   etwas in den Arsch stecken

10. Wie lautet der Somatismus?
Deine Vorwürfe gehen mir am Arsch vorbei.
☐   an dem Arsch vorbeigehen
☐   am Arsch vorbeigehen
☐   den Arsch vorbeigehen

11. Wie lautet der Somatismus? Eine Art Formel.
Den ganzen Abend hat sich kein Schwanz in der
Kneipe sehen lassen.
☐   kein Schwanz
☐   ein Schwanz
☐   jeder Schwanz

12. Der hier in der gängigsten Version?
Der Junge hat einfach kein Sitzfleisch.
☐   ein Sitzfleisch haben
☐   Sitzfleisch haben
☐   kein Sitzfleisch haben

13. Wie lautet der Somatismus?
Wähle die richtige Alternative nach dem Beispiel.
Die Polizisten hefteten sich an die Fersen des
Terroristen.
☐   sich an jemandes Fersen heften
☐   sich jemandem an die Fersen heften
☐   jemandem auf den Fersen bleiben

14. Wie lautet der Somatismus?
Eigentlich eher ein geflügeltes Wort.
Die Stimmung war mies. Und aus einem traurigen
Arsch fährt nun mal kein fröhlicher Furz.
☐   fröhliches Furzen
☐   kein fröhlicher Furz
☐   ein fröhlicher Furz

15. Wie lautet der Somatismus?
Du gehst mir auf die Eier!
☐   jemandem auf die Eier gehen
☐   jemandem an die Eier gehen
☐   jemanden an die Eier gehen

16. Wie lautet der Somatismus?
Auch wieder mehr eine Formel.
Du versäufst hier in der Kneipe dein Geld und zu
Hause liegt ein ganzer Arsch voll unbezahlter
Rechnungen!
☐   einen ganzen Arsch voll
☐   ein Arsch voll
☐   ein ganzer Arsch voll

17. Isoliere hier die somatische Formel.
Er hat damals ein paar Schrotkugeln in den
verlängerten Rücken bekommen!
☐ der verlängerte Rücken
☐ der längere Rücken
☐ der Hintern

18. Wie lautet der Somatismus?
Wer hat den neuen Wagen in den Arsch gefahren?
☐ an den Arsch fahren
☐ etwas in den Arsch fahren
☐ jemandem in den Arsch fahren

19. Wie lautet der Somatismus?
Ich fürchte, der Motor ist im Arsch.
☐ im Arsch sein
☐ den Arsch ausreißen
☐ kaputt sein

20. Wie lautet der Somatismus in üblichster Form?
Und wie die meisten hier: derb
Ich reiß mir den Arsch auf und ihr steht rum.
☐ sich den Arsch ausreißen
☐ sich am Arsch reißen
☐ sich den Arsch aufreißen

21. Wie lautet der Somatismus?
Bitte wörterbuchmäßig.
Ihr ist schon von klein auf alles in den Schoß
gefallen.
☐   etw. jmdm. in den Schoß fallen
☐   ihr in den Schoß fallen
☐   ihr in den Schoß gefallen

22. Wie lautet der Somatismus?
Saukalt heute, man friert sich ja den Arsch ab.
☐   am Arsch frieren
☐   sich den Arsch abfrieren
☐   jemandem den Arsch abfrieren

23. Wie lautet der Somatismus?
Mit den alten Zertifikatpapieren kannst du dir den
Hintern wischen.
☐   sich mit etwas den Hintern wischen können
☐   sich mit etwas den Hintern abwischen
     können
☐   sich mit etwas den Hintern abputzen

24. Wie lautet der Somatismus? Wieder eher eine Formel.

Unser Polier meckert dauernd auf dem Bau rum. Der ist vielleicht ein Arsch mit Ohren.

☐   Arsch hat Ohren

☐   Ohrenarsch

☐   Arsch mit Ohren

25. Wie lautet der Somatismus? Sorry, das ist jetzt ganz vulgär, aber deutsch. Trotzdem die beste Version.

Was soll ich mit lumpigen hundert Euro? Die kannst du dir unter die Vorhaut jubeln.

☐   sich etwas unter die Vorhaut jubeln

☐   sich unter die Vorhaut jubeln

☐   das kannst du dir unter die Vorhaut jubeln

26. Wie lautet der Somatismus?

Wenn er das erfährt, springt er dir mit dem nackten Hintern ins Gesicht!

☐   mit nacktem Hintern springen

☐   jemandem mit dem nackten Hintern ins Gesicht springen

☐   mit dem nackten Hintern ins Gesicht springen

27. Wie lautet der Somatismus? Leider auch vulgär.
Wenn er in Stimmung ist, hat sie sofort die Beine
breit zu machen.
- ☐   die Beine breit machen
- ☐   die Beine ausbreiten
- ☐   sich ausbreiten

28. Der Somatismus? Version wie im Beispielsatz.
Damit hat er sich selbst ins Knie gefickt.
- ☐   sich ins Knie ficken
- ☐   jemanden ins Knie ficken
- ☐   sich selbst ins Knie ficken

29. Was bedeutet der Somatismus eher nicht?
Wetten, dass ich die Kleine am Wochenende aufs
Kreuz lege?
- ☐   Judo mit ihr machen werde
- ☐   Sex mit ihr haben werde
- ☐   sie umlegen werde

30. Was kann man somatisch mit dem Hintern
eher nicht machen?
- ☐   Feuer drunter
- ☐   rümpfen
- ☐   einen Tritt rein

31. Was könnte der Somatismus bedeuten?
Als wir ihn rauftrugen, hatte er 'nen kalten Arsch.
- ☐ tot sein
- ☐ nicht bei Verstand sein
- ☐ war er am Erfrieren

32. Was bedeutet der Somatismus bestimmt nicht?
Deine Vorwürfe gehen mir am Arsch vorbei.
- ☐ berühren mich nicht
- ☐ lassen mich kalt
- ☐ entzweigehen

33. Bitte mal eine hohe stilistische Version.
Die Sicherung ist wieder in den Arsch gegangen.

☐   entzweigehen
☐   kaputt gehen
☐   hin sein

34. Was könnte die Weisheit (?) bedeuten?
Darüber konnten wir nicht lachen. Aus einem
traurigen Arsch fährt nun mal kein fröhlicher Furz.

☐   in trauriger Stimmung lacht man nicht
☐   in einer tristen Situation kann man keine
     Fröhlichkeit erwarten
☐   wenn es miese Stimmung hat, muss man
     eben lachen

35. Was bedeutet der Somatismus bestimmt nicht?
Du gehst mir auf die Eier!

☐   ich bin schlecht drauf
☐   gehst mir auf den Keks
☐   du nervst mich

36. Was könnte der Somatismus bedeuten?
Du versäufst hier dein Geld und hast einen Arsch
voll Schulden!

☐   ziemlich
☐   eigentlich
☐   sehr viel

37. Was könnte der Somatismus bedeuten?
Eines Tages müssen wir alle den Arsch zukneifen.
☐   sterben
☐   still sein
☐   aufhören

38. Was könnte der Somatismus bedeuten?
Sie hat den neuen Wagen in den Arsch gefahren.
☐   verloren haben
☐   etwas zuschanden fahren
☐   entzwei

39. Was könnte der Somatismus bedeuten?
Wenn du verliebt bist, ist dein Verstand im Arsch.
☐   verlierst den Verstand
☐   rutscht der Verstand runter
☐   wird er wild

40. Was könnte der Somatismus bedeuten?
Immer wenn er zum Chef muss, geht ihm der
Arsch auf Grundeis.
☐   wird er cool
☐   schöpft er Hoffnung
☐   hat große Angst

41. Was könnte der Somatismus bedeuten?
Der Kerl meckert dauernd rum. Ehrlich ein Arsch
mit Ohren.
- [ ] widerlicher oder hässlicher Mensch
- [ ] netter Kerl
- [ ] lustiger Mensch

42. Der aus der Soldatensprache bedeutet nicht?
Wenn ihr nicht spurt, reiß ich euch den Arsch bis
zum Stehkragen auf.
- [ ] striezen
- [ ] trainieren
- [ ] jemanden hart rannehmen

43. Das geht zurück auf die Bibel: das Gleichnis
vom armen Lazarus.
Man ist gut aufgehoben
- [ ] in Abrahams Schoß
- [ ] in Abrahams Schloß
- [ ] mit Abrahams Schatz

44. Was macht so ein Hund eher nicht, wenn er
Angst hat?
- [ ] den Schwanz hängen lassen
- [ ] aufjaulen
- [ ] Männchen

45. Auch hier wieder abgekuckt vom Hund, wenn ihm das passiert? Er jault auf, wenn . . .
- ☐   auf den Schwanz getreten
- ☐   mit Katzenfutter versorgt
- ☐   Hundetreffen

46. Das ist kein richtiger Somatismus. Da wohnt man aber sehr abgelegen.
- ☐   am Arsch der Welt
- ☐   am Nabel der Welt
- ☐   im Nirgendwo

Lösungen 1

1. auf eigenen Füßen stehen
2. auf großem Fuß leben
3. Redeblume
4. Idiom
5. Wer am Fluss baut, muss mit nassen Füßen rechnen.
6. seine Hände in Unschuld waschen
7. auf dem Fuße folgen
8. das Gesetz
9. festen Boden unter die Füße bekommen
10. 3 > 1 > 2
11. eigenartig
12. Gewehr bei Fuß stehen
13. Das hat Hand und Fuß.
14. jemandem brennt der Boden unter den Füßen
15. Ich muss dir noch etwas die Füße vertreten.
16. ihr etwas zu Füßen legen
17. ihnen wurde der Boden unter den Füßen zu heiß
18. jemand bekommt kalte Füße
19. [mir] [die Füße vertreten]
20. ein Händchen haben
21. auf der Hand liegen
22. über dem Kopf zusammenschlagen
23. im Handumdrehen
24. mit Händen und Füßen
25. hinter vorgehaltener Hand
#26. seine Hände in Unschuld waschen
26. von der Hand in den Mund leben
27. Hand und Fuß haben
28. etwas aus dem Handgelenk schütteln
29. sich die Sohlen ablaufen
30. vom Scheitel bis zur Sohle
32. sich sträuben
31. sofort nach etwas, unmittelbar folgen
33. aufwendig leben
34. und deinen Fuß nicht an einen Stein stoßest
35. keine sichere Grundlage haben
36. hängt in der Luft
37. an diesem Ort war es zu gefährlich
38. alles für sie zu tun
39. etwas extrem missachten
40. dem Tod sehr nahe sein

Lösungen 2

41. sich Bewegung verschaffen

42. von oben bis unten

43. in etwas ungeschickt sein

44. Die Vorteile liegen doch klar auf der Hand.

45. mithelfen

46. ein Sprichwort

47. ein festes Versprechen

48. sich an anderen bereichern

49. würde am liebsten zuschlagen

50. etwas ohne Mühe, leicht und schnell machen

51. leise, unbemerkt

52. Geld raushauen

53. wohlgeformt

54. Eine Hand wäscht die andere.

55. in ihm etwas vorausahnen

56. sich die Hände reiben

57. Da lacht er sich ins Fäustchen.

58. sich die Hände reiben

1. ein schlimmer Finger sein

2. ein langes Bein machen

3. sich auf die Hinterbeine setzen

4. auf einem Bein kann man nicht stehen!

5. etwas auf die Beine stellen

6. etwas am Bein haben

7. Kollokationen

8. Däumchen drehen

9. den Daumen auf etwas haben

10. den Finger drauf haben

11. die Finger drin haben

12. zehn an jedem Finger haben

13. keinen Finger rühren

14. sich nicht die Finger schmutzig machen

15. vor jemandem in die Knie gehen

16. ein Schuss ins Knie

17. jemanden übers Knie legen

18. einen langen Arm haben

19. jemandes verlängerter Arm sein

20. sich leicht hingeben

21. stehlen

22. muss in die Reha

23. ist wohl fundiert

24. voller Angst
25. Aufforderung, ein zweites Glas zu trinken.
26. sich nicht sonderlich anstrengen
27. nichts tun, sich langweilen
28. eine Schlappe einstecken
29. jemand bekommt große Angst
30. verletzt
31. jemandem zufällig begegnen
32. übereilt entscheiden
33. die Krallen einziehen
34. lange Finger machen
35. Da friert es Stein und Bein.
36. Pi mal Daumen
37. einen Klotz ans Bein gebunden
38. zeigen sie dir die Krallen
39. über den Daumen peilen
40. aus den Fingern saugen
41. sich ins Fäustchen lachen
42. Sie wurde ins Bein gebissen.
43 Es friert heute Stein und Bein.

44. Daumen für ihn drücken
45. Das hat er sich nicht aus den Fingern gesogen.
46. Wem man den kleinen Finger gibt, der nimmt die ganze Hand.
47. Wer klaut, muss schnell laufen können.
48. Da solltest du immer den Finger drauf haben.
49. Du musst immer etwas mehr einsetzen.
50. Du musst eben vorher was geben.
51. der reißt sich doch kein Bein aus
52. die macht doch keinen Finger krumm

Lösungen 3

1. Phraseme
2. mit Körper
3. an Haupt und Gliedern reformieren
4. von Herzen wünschen
5. geht das Herz auf
6. es nicht übers Herz bringen, etwas zu tun
7. es nicht übers Herz bringen, etwas nicht zu tun
8. bleibt das Herz stehen
9. jemandem bricht das Herz

10. sein Herz [an . . .] verlieren
11. jemandem etwas auf den Kopf zusagen
12. auf den Kopf stellen
13. den Nagel auf den Kopf treffen
14. im Kopf herumgehen
15. es geht um Kopf und Kragen
16. aus dem Kopf
17. etwas auf den Kopf hauen
18. Rosinen im Kopf haben
19. [plötzlich] [durch den Kopf schießen]
20. tanzen ihm auf dem Kopf herum
21. jemandem den Kopf verdrehen
22. ganzem_Herzen_lieben_wir_freuen_uns_alle
23. zur Vernunft bringen
24. überheblich machen
25. leuchtet nicht ein
26. jemand ist völlig verwirrt
27. eingebildet
28. einen dicken Kopf haben.
29. so von der Rolle bin
30. widerspenstig werden
31. verkaufen
32. mit Eigensinn keinen Erfolg haben
33. jetzt sollten alle zufrieden sein
34. zeigt Unbildung
35. Bekräftigung, Beteuerung
36. entlasten
37. sterben
38. nahegehen
39. in ihn verliebt gemacht
40. es war eben sehr stürmisch
41. warum?
42. sehr gern
43. Hand aufs Herz!
44. stehenden Fußes
45. die Hand für sie ins Feuer legen
46. nicht von der Hand zu weisen
47. etwas vorausahnen
48. den Fuß auf den Nacken setzen
49. auf tönernen Füßen stehen
50. mit dem linken Bein aufgestanden
51. sein Herz in die Hand nehmen
52. Stein vom Herzen
53. du tötest mir den letzten Nerv
54. du gehst mir auf die Nerven

Lösungen 4

1. Augen und Ohren aufhalten
2. ein Auge riskieren
3. die Augen vor etwas verschließen
4. die Augen vor etwas verschließen
5. ein offenes Ohr finden
6. ein Auge auf jemanden werfen
7. die Ohren hängen lassen
8. mit den Augen verschlingen
9. mit scheelen Augen ansehen
10. mit unbewaffnetem Auge
11. mit einem lachenden und einem weinenden Auge
12. mit halbem Ohr zuhören
13. sehenden Auges ins Unglück rennen
14. nichts für zarte Ohren sein
15. ohne mit der Wimper zu zucken
16. Ohren wie ein Luchs haben
17. seinen Augen nicht trauen
18. seinen Ohren trauen
19. sich aufs Ohr hauen
20. sich nicht an den Wimpern klimpern lassen
21. Tomaten auf den Augen haben
22. sechs Augen sehen mehr als drei
23. sein Ohr verschließen
24. ihr_die_Augen_geöffnet
25. dies_ins_Auge_fassen
26. keine_Augen_haben_für
27. über_beide_Ohren_verliebt
28. es war sehr bitter
29. sterben
30. ungewöhnlich gut sehen können
31. von etwas nichts wissen wollen
32. wen man nicht mehr sieht, den vergisst man
33. etwas nachsichtig, wohlwollend übersehen
34. hören
35. spitzeln
36. sehen und beobachten
37. hören
38. geohrfeigt werden
39. Haben Sie es kaufen wollen?

40. sich an etwas Gehörtes erinnern
41. erwägen, überprüfen
42. nach hinten nicht sehen können
43. Zunge
44. auf sie so wütend sein, dass man ihr was antun möchte
45. verführerisch ansehen
46. jemandem ganz nah gegenüberstehen
47. Ihr Blick und Gesichtsausdruck waren knitz.
48. aufklären, wie mies etwas in Wirklichkeit ist
49. jemanden tadeln, scharf zurechtweisen
50. jemandem etwas [Unangenehmes] aufbürden
51. jemandem etwas einreden
52. durchschaute plötzlich alles
53. zuhören
54. sich in sie verliebt
55. jemanden übers Ohr hauen
56. sich etwas hinter die Ohren schreiben
57. passt wie die Faust aufs Auge

Lösungen 5

1. die Klappe halten
2. als vulgär
3. das Maul stopfen
4. Der Grünmund sollte mal den Mund halten.
5. sich den Mund fusselig reden
6. umgangssprachlich
7. etwas nicht über die Lippen bringen
8. bei ihr geht die Klappe runter
9. derb
10. gottloses
11. an jemandes Mund hängen
12. derb
13. Niemand traute sich, das Maul aufzureißen, als man den Jungen des Lokals verwies.
14. Kannst du nicht endlich einmal den Mund halten!
15. den Mund auf dem rechten Fleck haben
16. eine große Klappe haben
17. eins auf die Klappe kriegen
18. an jemandes Lippen hängen
19. jemandem das Wort im Munde herumdrehen

20. sich den Mund verbrennen
21. sich jeden Bissen vom Munde absparen
22. von der Hand in den Mund leben
23. ein wunderschöner Mund
23. von Mund zu Mund gehen
25. eins auf die Klappe geben
25. auf_die_Zunge_gebissen
26. mit_gespaltener_Zunge_sagte
27. Honig
28. hat groß getan
29. nix sagt
30. jemandem richtig Appetit auf etwas machen
31. jmd. bekommt großen Appetit auf etwas, großes Verlangen nach etwas
32. das Wort abschneiden
33. wird nicht lästerlich geredet
34. enttäuscht zu sein
35. redet lästerlich
36. für schweigen
37. endlich still sein
38. sich trauen, etwas zu sagen
39. Wie sollte man die Nase aufsperren?
40. unterstellt wird
41. zu viel versprochen
42. prahlen und großtun
43. staunten
44. um irgendwas Mieses
45. jemandes Aussage ins Gegenteil verkehren
46. So reich
47. verwendet man nicht
48. Sprachen ständig von Freiheit. (aber etwas zu oft)
49. zum Schweigen, Verstummen bringen
50. Vormund, der für einen sprach
51. wird plötzlich unzugänglich
52. sich wichtig machen, angeben
53. schwafeln
54. mit Reden vergeblich versuchen, jemand rumzukriegen
55. sich durch unbedachtes Reden schaden
56. sehr sparsam leben müssen
57. die Einnahmen sofort für Lebensbedürfnisse wieder ausgeben
58. mit rot geschminkten [...] Lippen und . . ..

59. Rote Lippen soll man küssen.
60. Dabei hatte ein Lächeln sie auf den Lippen.
61. Er ist schweigsam.
62. Er leckt gern Süßes.
63. Er schwallt gern.
64. Sie ist so süß!
65. Er ist wie eine Biene.
66. das hängt mir zum Hals heraus
67. habe ich die Schnauze voll
68. wieder eine Laus über die Leber gelaufen
69. einen hinter die Binde gießen

Lösungen 6

1. sich etwas in die Haare schmieren
2. sich seiner Haut wehren
3. ein Haar in der Suppe finden
4. etwas mit den Haaren herbeiziehen
5. Haare auf den Zähnen haben
6. Haare lassen müssen
7. die Haare vom Kopf fressen
8. stehen die Haare zu Berge
9. kein gutes Haar an etwas lassen
10. nicht ein Haar gelassen
11. lange Haare, kurzer Verstand
12. nicht um kein Haar
13. sich die Haare raufen
14. sich in den Haaren liegen
15. aus der Haut fahren
16. nicht wohl in der eigenen Haut
17. jemandem unter die Haut gehen
18. mit heilen Haaren davonkommen
19. mit heiler Haut davonkommen
20. nicht in fremder Haut stecken
21. nichts als Haut weder Knochen
22. seine [eigene] Haut retten
23. seine Haut so teuer wie möglich verkaufen
24. sich auf die faule Haut legen
25. sich etwas nicht aus den Rippen schwitzen können
26. sich in seiner Haut nicht wohl fühlen
27. sich in die Haare kriegen

28. sich ziemlich unwohl fühlen
29. rührt nichts
30. ungestraft
31. gesund geworden
32. ein Haar in der Suppe finden
33. völlig abgemagert sein
34. völlig abgemagert sein
35. sich keine grauen Haare wachsen lassen
36. etwas anführen, was gar nicht zur Sache gehört
37. passt nicht im entferntesten
38. eloquent
39. nicht ohne Schaden davonkommen
40. machten sie arm
41. niemandem etwas zuleide getan
42. waren entsetzt
43. wohlwollend behandelt
44. wer krauses Haar hat, ist sehr eigenwillig
45. von alten Glatzköpfen
46. seine Haut zu Markte tragen
47. völlig verzweifelt sein
48. Streit miteinander haben
49. in Streit geraten
50. sehr gefährdet sein
51. ganz genau
52. legen überhaupt keinen Wert drauf
53. sich keine unnützen Sorgen machen
54. sie hatte eine Glatze
55. Risiko eingehen und scheitern
56. richtig wütend werden und es auch zeigen
57. sich mit allen Kräften wehren
58. kein Haar lassen
59. konnte das Geld nicht aufbringen
60. sah sehr bekümmert aus
61. nichts tun

Lösungen 7

1. ihr läuft eine Gänsehaut über den Rücken
2. jemandem das Rückgrat stärken
3. jemandem ein Loch in den Bauch reden
4. vor jemandem auf dem Bauch kriechen
5. als abwertend gedacht
6. den Buckel voll kriegen
7. der Nabel der Welt
8. sich etwas aus den Rippen schwitzen
9. einen krummen Rücken machen

10. [mit etwas] auf den Bauch fallen
11. einen dicken Bauch haben
12. sich die Beine in den Bauch stehen
13. sich jemanden zur Brust nehmen
14. es auf der Brust haben
15. mit geschwellter Brust
16. schwach auf der Brust sein
17. sich an die Brust schlagen
18. sich an die Brust schlagen
19. den Rücken voll Schulden haben
20. einen breiten Buckel haben
21. genug auf dem Buckel haben
22. am Busen der Natur
23. nichts auf den Rippen haben
24. den Rücken frei haben
25. etwas auf jemandes Rücken austragen
26. jemandem den Rücken stärken
27. jemandem in den Rücken fallen
28. einer Sache den Rücken zuwenden
29. jemandem läuft es heiß und kalt über den Rücken
30. zurückstehen
31. es bricht jemandem das Rückgrat
32. Rückgrat zeigen
33. auf jemandes Schultern lasten
34. jemanden über die Schulter ansehen
35. Schulter an Schulter
36. jemandem ein Loch in den Bauch reden
37. lachen
38. Lippen
39. ohne Vorbereitung
40. ums Reden
41. ohne Vorbereitung, ohne Unterlagen
42. pausenlos Fragen stellen
43. gescheitert
44. schwanger sein
45. schlag sie aus der Hand
46. voll Stolz
47. sehr verschuldet sein
48. kann viel Kritik vertragen
49. in der freien Natur
50. sehr dünn sein
51. jemanden unter etwas leiden lassen
52. jemandem Mut machen

53. sich von etwas abwenden
54. jemanden schaudert
55. sich auf jemanden stützen können
56. konnten sich an der Wand absichern
57. sich absichern
58. hat seinen Charakter gestärkt
59. charakterfest sein
60. auf jemanden herabsehen
61. Wir haben uns zu Sadomasos gemacht
62. ein satter Mensch ist träge und denkfaul
63. jemanden pflegen, der einem später Schaden zufügt
64. sich unterwürfig zeigen
65. äußerst wütend sein
66. etwas auf dem Buckel haben
67. jemanden auf der kalten Schulter erwischen
68. einen zur Brust nehmen
69. etwas auf die leichte Schulter nehmen

Lösungen 8

1. jemandem in den Hintern treten
2. die Hände in den Schoß legen
3. ein Monogramm in den Arsch beißen
4. vulgär
5. dicke Eier haben
6. den Schwanz einkneifen
7. jemanden auf den Fersen haben
8. sich den Schwanz verbrennen
9. sich etwas in den Arsch stecken können
10. am Arsch vorbeigehen
11. kein Schwanz
12. kein Sitzfleisch haben
13. sich an jemandes Fersen heften
14. kein fröhlicher Furz
15. jemandem auf die Eier gehen
16. ein ganzer Arsch voll
17. der verlängerte Rücken
18. etwas in den Arsch fahren
19. im Arsch sein
20. sich den Arsch aufreißen
21. etwas jemandem in den Schoß fallen

22. sich den Arsch abfrieren
23. sich mit etwas den Hintern wischen können
24. Arsch mit Ohren
25. sich etwas unter die Vorhaut jubeln
26. jemandem mit dem nackten Hintern ins Gesicht springen
27. die Beine breit machen
28. sich selbst ins Knie ficken
29. Judo mit ihr machen werde
30. rümpfen
31. tot sein
32. entzweigehen
33. entzweigehen
34. in einer tristen Situation kann man keine Fröhlichkeit erwarten
35. ich bin schlecht drauf
36. sehr viel
37. sterben
38. etwas zuschanden fahren
39. verlierst den Verstand
40. hat große Angst
41. widerlicher oder hässlicher Mensch
42. trainieren
43. in Abrahams Schoß
44. Männchen
45. auf den Schwanz getreten
46. am Arsch der Welt